MINGUO
TONGSU XIAOSHUO DIANCANG WENKU

民国通俗小说

典藏文库

耿郁溪 卷

爱河惊涛

耿郁溪 著

中国文史出版社

目　　录

第一回　爆竹一声响

小说的开头，是在一个冬天，将过了阳历年，而阴历年还未到的当儿。

有钱就生在中国，阳历年领了双薪，阴历年再着急。别看着急，人们还是偏爱过阴历年。学校都在阴历年放好几个礼拜的假，阳历年才放一天假，还占上半天团拜去，真没劲。

在西城靠着大街的一条胡同里，有一家住户姓刘，家里人口是很简单，一对老夫妇和一对小夫妇。老头儿是银行里的课长，也是个老留学生了。少爷在大学刚刚毕业，老头子荐到海关上做事。少奶奶是个旧式家庭的姑娘，可是打扮得却很摩登，不过老实忸怩而已。小姐却很大方而活泼，还在大学里读书，思想行为，全很新颖，真是一位超时代的姑娘了。老太太非常宠爱，所以她很任性，不过因为受了相当的知识，所以她会用自己的理智来压制自己的感情。她的一举一动，都令人感到适宜，她是辣里有一种甜啊。嫂嫂老实，时常受她的窘，可是她们的感情非常的好，因为她是很天真的呀。

她叫刘省薇，自己给自己起了一个号，叫“卧薪”，这两个字，一来正好和她的名字，二来也是表示她的志向。她是一个富于理智的姑娘，然而富于理智的才越有感情。她有时非常骄傲，有时又非常甜美。即或她生气的时候，也往往被她那美丽的容貌、甜蜜的风情所遮，而人也不觉得她在恼怒。她有一种玩世不恭的心情，一种豪爽的天真的心情，而同时表现着一种端庄的严肃的容颜，令人见了，只觉得她伟大、安详而又有点辣。又要爱她，又要怕她。

人们的智慧和魄力，本全建筑在金钱上的。她家里有钱，她便可以任她的意思去做一些别人不敢做的事。她很有思想，而且还很用功，功课在学校里也是第一名。真是，好处都叫她占了。

她家的西院，有一个花园子，里面有三间花厅，没有人住，园子也闲废着。到春夏的时候，刘省薇便把在学校学来的园植学利用来种些花草。老爷整天不在家，在家也无心去到花园走走，回来就疲乏得很，躺在电话耳机旁边的床上，心里想着公债的行市，所以花园子里非常清静。在冬天时候，小姐一溜冰，花园里简直更没人去了。

最近，这花园住着一位教授。这位青年教授极好清静，愿意找一个极静的地方住，而从事著作。他们对于这位青年教授也是久已闻名的，所以很乐意地把花园的正花厅给他住了。

教授姓郑，叫郑暮山。他是个很拘谨的青年，而心地是非常仁爱，仁者乐山，所以他的名字便叫暮山，他说晚山尤美。

他的作品，多是同情一般弱小的女性，所以女性们都以为他是个言情老手，其实他却是个不善辞令、见人就脸红的老实人啊。

郑暮山在朝华女中担任功课，每天早晨出去，晚上回来，规规矩矩的。他还没有结婚，人家问他，他便笑而不言。有人说他曾失过恋，有人说他专门要努力他的艺术。他对于这些话，从不辩白，也从不认可。

这天，他从学校回来，进到自己屋里，看见桌上放着一封信，他便拿了起来，方要拆开看，一看封皮上写着刘省薇的名字。他想：这是寄给刘小姐的，为什么放在我的桌上？其实是女仆赵妈放的，她刚由外边回来的时候，一个邮差把这封信给了她，她以为是给郑先生的呢，便放在郑暮山的桌上了。

郑暮山看了半天，把赵妈叫来道："这是里院刘小姐的，你给她送去吧。"

赵妈接了过来，走去交给刘家的女仆李妈了，说："我们老爷说是给您这儿小姐的。"

李妈便递给刘省薇道："小姐，这是那院郑先生给您的。"

刘省薇接过来一看，是给自己的一封信，里面似乎还很厚，她莫名其妙了。她本来对于郑暮山是很敬仰的，她有时也觉郑暮山老实得可爱。她接到这封信，心里一跳，刚要拆开看，猛然又想起来道："不，我不能接他的信的，我不能叫他轻看了我。"继而又一想：他是真的爱我了吗？她拿着信略一颤抖，忽而又自言自语道："不，我不能这样自轻呀。"想罢便又交给李妈道：“你把这封信给郑先生退回去，你就说刘小姐不收。”

李妈去了，又把信交给赵妈说道：“我们小姐不收。”

赵妈莫名其妙，又拿回来递给郑暮山道：“老爷，那院刘小姐不收，叫退给您。”

郑暮山接过来，有点丈二和尚摸不着头脑，他看着信发怔，他想：也许是刘小姐接到别人的信，里面提到我，所以拿来给我看，可是这信还没有拆开，如何知道里头说的是什么？

他又翻过来看看后面，后面封得很紧。因为是个洋信皮，在那封着的地方，还贴着邮票，非常坚固。他真不知刘小姐是什么意思，有心叫赵妈再去问问，又恐怕反而招人家厌烦。把信放在桌上，自己在屋里来回地走，总也想不出为什么这信必须给我看。望了望那封信，心想拆开看看究竟是怎么一回事。可是又一想：拆看人家的信，总是不好的，先搁着吧。

郑暮山有个毛病，能够为一点小事用半天的脑筋来想。好容易才把这个问题放下，忽然赵妈说：“刘小姐来了。”

郑暮山一听刘小姐来了，不觉又是一怔，但是他想这个问题是可以解决了，遂让道：“请进来。”

刘省薇走了进来，她穿着高跟鞋，戴着没有框儿的眼镜，那么美丽妩媚。郑暮山觉得有点自惭形秽。

刘省薇道：“对不住郑先生！”

郑暮山道：“没有什么。”可是他不知道是怎么对不住。

刘省薇道：“因为我不明白郑先生的意思。”

郑暮山道："我也不明白小姐的意思。"

刘省薇道："我的意思嘛，我以为无论什么人，只见两三次面，是不会了解一个人的吧？"

郑暮山道："是的，我也这样想。"

这时赵妈把茶端上来道："哟，小姐怎么站着？您倒是坐下呀。"

郑暮山这时才想起来还没让座，于是又让座道："请坐，请坐。"

他们落了座，郑暮山想说什么，可是又不知说什么好。刘省薇却是滔滔不绝，那口才是真好，那声音是真悦耳。郑暮山虽然有点耳不暇给，可是听着她说，是怪舒服的，他没有说话，也没有说话的工夫，只是脑筋里想着，人家说一句话，他便想着这句话的意思，然后再想方法回答。可是还没有答出来，人家又说出别的去了，他只是脑筋里回答了人家，所以人家要是说了十句话，他只听清楚五句，至少有两三句进到耳朵里面没有经过脑府，马上又忘了，或是根本没听着。

后来听见刘省薇道："是不是郑先生？"

郑暮山道："啊，啊！"他也不知什么是不是。

他见刘省薇不说了，于是他道："刘小姐，那、那封信……"

刘省薇忙道："噢，那封信，实在对不住，我想我们能够见面，什么都可谈的，干什么要写信呢？"

郑暮山莫名其妙道："写信？是的，我也觉得写信干什么？可是，写信干什么呢？"他皱了皱眉。

刘省薇笑道："郑先生大概会生气我的话吧？"

郑暮山道："不，我不生气，不过我不大明白您的意思。"

刘省薇笑道："郑先生真会说笑话，郑先生这样聪明，谁不知道呢？已赫赫大名的大作家自己说这话，多么有意思呀！"

郑暮山越发不明白是怎么一回事了，他笑了笑，可是马上又觉得笑得不大得劲，眉头又皱起来。

刘省薇道："您平日写小说有没有模特儿？"

郑暮山道："没有的。真奇怪，许多看小说的读者，都喜欢这样问作者，并且他们也总是这样猜着，有时硬说某角色写的是谁，某地方写的是某某处，这完全是读者的神经过敏。譬如，小说里写一个姓何的，读者便猜我写的姓张的；小说里要是写姓张的呢，读者又猜是姓李的。我写小说不愿意躲避现实，总是拿现实生活做材料，于是许多人便以为我写的一定有模特儿，其实是不对的。"他要是谈到他的本行便口若悬河起来。

刘省薇道："既然没有模特儿，但是郑先生是不是见过这样的人呢？"

郑暮山道："见过，不但我见过，并且人人都见过，因为人人都见过，所以才会疑我这小说写的是谁了。"

刘省薇说道："我问您，有没有一见面便有了爱情的？"

郑暮山道："有是有的，可是那样的爱是不坚固的，那只是爱而已，没有情的，情字是由时间积起来才有的。恋爱日子越久，失恋的时候越痛苦，那便是因为有了情的缘故。"

刘省薇道：“有没有先有情而才爱的？”

郑暮山道：“有的，由情生出来的爱，那是真正的爱。譬如师生、表兄妹、长工和主妇之间的爱，他们都是先有的感情而后才有的爱，这种爱是不大容易转移的。可是我先声明，我这是比方而已，并不是提倡师生等恋爱的。”

刘省薇笑道：“郑先生的高足，一定也有感情很好的吧？”

郑暮山迟迟地道：“感情是有的。”

刘省薇笑道：“您是不承认有爱情的啦？”

郑暮山道：“是的。”

刘省薇道：“那么您的作品为什么写得那样入微和身临其境似的？”

郑暮山道：“这，这……”他答不出来了，有点别扭。

刘省薇站起来道：“今天真使我高兴，能和您谈了这许多话，您歇着吧，我该回去了。”

郑暮山也站起来，拿着那封信道：“我还有件事不大明白，这封信是……”

刘省薇一看这信又拿出来，她不由想道：他真是书呆子，我退回来，他还不明白吗？难道非要叫我说明白了吗？

她刚想到这里，一看郑暮山手里的信，后面贴着邮票，不由奇怪了，她立刻省悟是从外边寄来的了。大概老妈子不识字，递到他的手里，他给我送来，我又退回了他，怨不得他不明白呢。想罢，自己也笑了，连忙把信接过来，打开一看，可不是姑母的信吗？是从天津寄来的。

她不由笑道："真是对不住郑先生，这大概是老妈子不识字，递到您的手里，我还以为是……"

郑暮山道："您以为是我写的吗?"

刘省薇笑道："这真是我的错误。"

郑暮山道："我似乎还没有那样的荒唐吧，您再坐一坐吧。"

刘省薇道："不，明天再见吧。"说着便笑了起来，郑暮山也跟着笑，后来觉得笑仍不大合适，忙又止住了。

刘省薇道："再见!"说着便跳出门跑去了。

郑暮山这时觉得这位小姐真是马虎，假如不是她那样的美丽，无论什么人要以为失礼了。他爱她的美丽，爱她的活泼，爱她的天真，情不觉油然而生。可是他知道她不会爱一个书呆子的，一个书呆子也不配来爱她。

第二天，刚出大门，忽然后面有人叫："郑先生，早安!"

他回头一看，是刘省薇，便也把帽子摘了一下道："早安，刘小姐。"

刘省薇道："郑先生上课吗?"

郑暮山道："是的。"

刘省薇道："我们一路走走好吗?我也是上学校的，正好由您那学校门口儿经过。"

郑暮山道："好，早晨散步上学，也是很有益的。"

刘省薇道："是，我也喜欢散步的，不过我散步总喜欢有个伴儿，一个人就懒得走了。"

郑暮山不知怎么答她这句才好，想了想说道：“一个人散步也是很有益的。”

刘省薇笑了笑道：“昨天郑先生说师生可以恋爱，郑先生一定是过来人吧？”

郑暮山道：“没有，绝没有。”

刘省薇道：“有没有没关系，郑先生何必这么讳莫如深似的？”

郑暮山道：“实在没有。”

刘省薇道：“郑先生以前一定有过经验。”

郑暮山道：“什么经验？”

刘省薇道：“恋爱经验。”

郑暮山觉得她总是谈恋爱的事，不知她是什么意思。可是又不好意思和她谈，遂道：“也没有。”

刘省薇道：“真没有吗？”

郑暮山道：“真没有，将来也许有。”

刘省薇笑道：“将来？”

郑暮山道：“是的。”

刘省薇道：“将来是多久？”

郑暮山道：“谁知道，也许是最近的将来。”他是随便一说，被刘省薇问得没法答了只好这样说。

刘省薇道：“最近的将来？难道郑先生现在已经有了意中人？”

郑暮山看了她一眼道：“是的，已经有了一位。”

刘省薇道："噢。"她有点儿不那么快活了，但勉强作笑容道："我可以知道是谁吗？"

郑暮山道："不可以。"

刘省薇道："因为什么？"

郑暮山道："因为还没有成熟，将来自会知道了。"

刘省薇道："怎么不成熟呢？"

郑暮山道："我还不知道她爱我不爱我。"

刘省薇笑道："那不是距离着很远吗？"

郑暮山道："我已经爱了她了。"

刘省薇笑道："是吗？她是什么样儿？"女人总是喜欢打听别人的情人是什么样儿。

郑暮山道："她，将来再告诉您吧，不过我可以告诉您，她是非常美丽而且活泼的。"

刘省薇有点不高兴了，她想世界上还会有许多比她美丽而活泼的，真是岂有此理。可是她想道：她们虽然美丽活泼，但未必有我这样思想吧。她问道："她是哪个学校的？"

郑暮山道："一切的一切，都在将来告诉您，现在恕我不能说，如果说了将来不成功，岂不是很难堪吗？将来成功后，不用告诉您，您也会知道了。"

刘省薇听了，便默想着郑暮山这位情人的样子和一切举动和言语，她竟给假定出一位情人来，其实郑暮山这位情人还在虚无缥缈之中呢。

他们走了多时，快到朝华女中了，郑暮山怕和她一同走，叫学生看见，一定要说许多趣话，可是刘省薇却仍是挨近了他一同走。

郑暮山道："刘小姐累了吧，我可以给您雇辆车。"

刘省薇道："不，我没有多远就到了，散步原是有益的。"

郑暮山没有办法。这时有几个学生携着书包上学，有的骑着车，有的步行，他看了不禁心里暗想：这些女孩子们多么可爱呀！这样冷的天气，从温暖的被窝里爬出来，扛着寒风上学，她们没有一点不高兴的样子，没有一点畏难的神气，她们是真可爱啊！她们才是中国未来的主人翁，没钱的这样刻苦用功是很难得了，有钱的也负苦求学，尤是难得。这些女孩子们，难道她们不知道两个小脸蛋儿上像针刺一般的痛吗？这一清早，寒冷的清晨，只是学生和工人的天下了，她们真可爱啊！

郑暮山一边走一边想，刘省薇道："郑先生在想什么？"

郑暮山道："这样冷的天气，我看着这一群孩子又可怜又可爱，我觉得她们冒着寒凉起得这样早，已经是很委屈她们了，还要给她们许多功课念，严厉的考试来叫她们开夜车，我们拿那一般游手好闲、晏起偷安的青年男子来比一比她们，那是应当多么惭愧呀。"

刘省薇道："郑先生倒真是同情女人的，可是社会上咒骂女人的总是那么多，这有什么办法？"

他们正说着，有几个女生见郑先生同一个好看女人走着，便全站在门口儿等着。郑暮山一看她们在门前等着自己，不免有点窘态，学生里面由老远就喊："郑先生，早安！"

郑暮山便和她们点头为礼，她们说："郑先生今天同着一位女的来了。"有的说："大概咱们学校又聘了新教员。"有的说："那是我们的郑师母吧！"

她们说了这些话，郑暮山全听见了，他想刘省薇一定也听见的，他很觉得不好意思。可是刘省薇却还大方地走，而脸上却浮上一层愉快而含羞的颜色。

走到门前，那些学生便全把眼光注射到刘省薇的身上。刘省薇得意地一笑，和郑暮山点了点头，独自走去了。郑暮山被一群学生拥进校门，问长问短，郑暮山也不知答什么好。

到了上课，学生们又全直问那个好看的女人是谁，是不是好朋友？郑暮山道："不要瞎说了，你们这样思想不大好的，男女如果走在一起便是情侣，这便是错误了。将来也许变成情侣，可是在走着的时候，未必是情侣吧？"

学生道："不管是将来，还是现在，反正是好朋友才走到一块儿。"

郑暮山道："你们的知识还不健全，不要这样谈这些问题吧。"

学生道："谈恋爱是不是要有经验呢？"

郑暮山笑道："恋爱和结婚一个样，一生只应有一次，自称有经验的，那还是没经验，他们所经验的，不是真正的恋爱，不能当作人生的一种经验，恋爱是自然的，不知不觉地就生了爱。如果对人说自己现在要恋爱了，那便是笑话。一般中学生们，对于恋爱，都有了一种好奇心，拿着这个好奇心想去找个对象恋爱试试，这是不对的，恋爱这事，不是轻易尝试的，不然是容易找苦恼。”

学生道：“那么郑先生不是有经验的吗？”

郑暮山道：“谁说我有经验？”

学生道：“您的小说说的。”

郑暮山道：“不要谈这个问题了，今天这堂是作文，我们还是作文吧。”

学生们是喜欢作文又不喜欢作文，她们是喜欢自己出题或是教员所出的题正合她们的心意，如果教员出些不合她们心意的题目，她们便摇头说不好作。她们都喜欢什么“一个月夜”“她的悲哀”这些题目，要不然就喜欢做些尺牍的体裁的文章，对一个知己诉诉自己的衷肠。

郑暮山知道她们的脾气，他为发挥她们的天才起见，所以总迎着她们的心理去出题目，于是学生们便全喜欢上他的课。他常对学生说：“中学生作文，最好是多作抒情文和记述文，譬如什么日记啦、游记啦、尺牍啦，这些种学生喜欢作，也好作，也作得好，这种题目可以发挥学生的天才。如果出些论说题，譬如秦始皇论、燕赵水利论、爱国说等等的题目，学生看了就头疼，因为她们的智慧和见解，全不十分健全，论，自然论不到家，即或论到家也都是人家已经说过的，这种作文有什么好处？于学生一点进益没有，有时学生反视为畏途，怕做文章，做出文章都是抄袭，弄成习惯，不会发挥自己的思想，反而把脑筋弄得滞了。要是做些抒情的、记述的，学生便感觉不到这种困难，除了发挥她们的思想外，还可以有余力顾到修辞。本来做文章就是为发表自己的意见叫别人都知道，中学生有时词句还弄不妥当，如何谈到意见？即或有意见，也被那不美丽的词句累赘，而使人没兴味去看了。不过学生发表情感，容易走成千篇一律，譬如月夜这个题目，学生看了，便去写出呼呼的西北风刮着，然后说如何寒凉，如何墙根有个乞丐；要不然说拉车的没拉着钱，妻子在家里哭着等饭吃。这类思想，原是很好，不过一成为机械的就没有意思了。人类本来都对于弱小有同情心，所谓恻隐之心，人皆有之。所以学生做文章，往往发牢骚时候多，因为这样一写出来便是悲观的，不是悲哀人家就是悲哀自己，不管自己环境是怎样好，也是发些牢骚，不满意于现环境。可是这样不算坏处，只看教员如何领导她们。”

他说了很多，学生听着都很满意，有的学生道：“郑先生教我写小说吧。”

郑暮山道：“写小说不是教给学生的，如果光在作文堂上追点工夫讲小说作法，那是一点用处也没有，市上卖的小说作法等书，也是没有用处，最好你们时常看一些小说，看得多了，自然就会写。”

有个学生道：“王淑琼一定写得好，郑先生一定喜欢教给她。”

原来王淑琼在她们这一班里，是最美丽的一个学生，她喜欢文学，平常各位先生对她是很不错的。因为她不但美丽，并且性情也很柔和。真奇怪，男人的聪明、胆力都建筑在金钱上；女人的聪明、骄傲都建筑在美貌上。学生面貌好的，全得先生喜欢，什么功课都会得的分数多。譬如都有过错，那么对于好看的学生却不好意思过分责罚，美总会引起人家的怜来。其实丑的一样是肉长的，她们的心一样是薄脆，为什么先生们总要给她们过分难堪呢？学生受惯了这样待遇，所以往往不平，因不平而忌妒，由忌妒而嘲讽了。

郑暮山对于学生，向来一视大公，可是话又说回来了，事实总不会平衡的。譬如学生们性情不一样，趣味不同，喜欢的功课便有区别。喜欢唱歌的总是喜欢唱歌的教员；喜欢运动的学生，便喜欢运动的教员；喜欢文学的便喜欢国文教员。教员也是如此，教国文的一见好运动的学生便皱眉头，教体育的一见抱着书本不撒手的便嫌她们太不自强了，因此世界上不平的事乃不断地演着。

同学们因为王淑琼喜欢文学，便以为郑暮山一定爱她，所以有时不免当着郑暮山便说王淑琼，当着王淑琼又说郑暮山，其实双方并没有什么心意，但往往造成他们的恋爱。

郑暮山总是躲避着她们说话，他没有和女人恋爱过，所以他老怕别人把一个不相干的女人和自己一块儿相提并论，硬给造出一个什么关系来。所以别人提到女人时，他便脸红，或是不好意思起来，因而别人也更喜欢拿这些话来打趣他。

郑暮山道：“我们上我们的课吧，不要瞎说了。”于是便讲起书来。

学生有一样毛病，上堂不大喜欢听讲，下课却喜欢跑到教员的屋里谈闲话儿。她们说："郑先生搬到学校来好吗？"

郑暮山道："搬学校里太乱，我现在只是图清静。"

学生道："那多闷得慌呢？"又有的学生道："你不知道郑先生快订婚了，所以单独住起来。"大家笑了，笑得郑暮山直不好意思的。

他道："别瞎说了。"大家更笑起来。

有个学生说："大概郑先生的未婚妻就是今天早晨那个女的，多漂亮呀。"

郑暮山一听，急忙走开了，大家犹自笑着。

到了下午下课后，郑暮山回到家来。赵妈走过来道："今天一点多些，有个女的找郑先生，我说没在家，她问上哪儿去了，我说到学校上课去了。她问我都是什么时候在家，我告诉她每天晚上在家，她就走了。"

郑暮山道："你没问她姓什么吗？"

赵妈道："我问她来着，我说您有什么事告诉我，回来我给您禀告一声儿，她说见面再说吧，连姓什么也没告诉我，就走了。"

郑暮山想了想，只是想不出是谁来，自己并没有什么女朋友，学生也不会到家来找我，是谁呢？他问道："这个女人是什么样儿？"

赵妈道："好看着呢，打扮也很时髦的。"

郑暮山非常奇怪，又问道："她没说有什么事吗？"

赵妈道："没说，就说要跟您谈一谈，看那脸上仿佛发愁的样子。"

郑暮山想了半天想不出来，也就算了。

赵妈道："老爷，咱们这儿不祭灶吗？快到日子了。"

郑暮山道："祭灶干吗？"

赵妈道："祭灶求顺利呀！比方灶王爷上天，他给您说几句好话，明年您一年都是顺利的。"

郑暮山道："没有那些事。"

赵妈道："人家里院儿连糖瓜儿都买了。"

郑暮山道："没有用，咱们这儿连灶王爷都没有。"

赵妈道："咱们请一位来。"

郑暮山翻着眼皮道："哪儿请去？"

赵妈道："纸铺里就有。"

郑暮山道："算了吧，你要是想吃糖瓜儿，给你钱买去。"

赵妈道："哟，干吗那么馋呀？"

郑暮山是不愿意得罪人，他想了想道："好吧，买一个灶王爷。"

赵妈道："哟，灶王爷得说请，不能说买。"

郑暮山道："好好好，不买不买，请，请一个。"说着，把钱给了赵妈，赵妈满意了，走了出去。又走回来道："可是男不拜月，女不祭灶。"

郑暮山道："到时候再说。"赵妈出去了，郑暮山伏在桌上写稿。

赵妈又走进来道："可是灶王爷要是请家来，必须祭走呀，要不然留在家里多么造罪。"

郑暮山道："好吧，你随便找谁给祭都成。"赵妈走出去了。

郑暮山的文思刚刚引起头儿来，这一下笔就要数千言，这时又听见赵妈进来说："非得郑先生祭不可。"

郑暮山发急道："你先静一静可以不可以？"

就听那人说："嗬，打扰郑先生用功了，真是对不住。"

郑暮山一听，不是赵妈的口气，抬起头来一看，却是刘省薇。他觉得不合适了，忙站起来道："呀，原来是刘小姐，我以为还是赵妈，真是抱歉得很。"

刘省薇说笑道："郑先生正在专心用功，所以不觉得，可是，再见吧，我也不打搅您了。"

郑暮山道："不，我很愿意和您谈谈天，我没有事的。"

刘省薇道："真奇怪，我知道郑先生这时候一定忙，不忙也是在休息，可是我不知为了什么，仿佛和昨天竟成了习惯，不由得就想和郑先生来谈天，郑先生不嫌我吗？"

郑暮山道："不，欢迎极了，本来每天这时候要写点稿子的，可是自昨天起，也是这时候就写不下去了，老想……"说到这里，觉得太说实话了，不由脸红了，转话头儿又转不过来，结结巴巴地道："请坐，请坐。"刘省薇便坐下了。

郑暮山看她今天穿着一件驼绒袍，上面着一件白色的短毛衣，衬着她那红润的脸蛋儿，真是美丽极了。他想到能够和这样美丽的人在屋里静静地谈着，实在是极幸福的事。即或一天不做事，光是陪着她谈话，都是愉快的，不腻的。

刘省薇道：“郑先生还祭灶吗?”

郑暮山道：“都是赵妈的主意，她说您家里都买了糖瓜儿。”

刘省薇笑道：“那也是李妈的主意，我们向来不注意这些事的。”

郑暮山见赵妈出去了，叫了两声也没有言语，只好自己给刘省薇倒茶。

刘省薇道：“郑先生学校什么时候放假?”

郑暮山道：“快了，现在就等于放假呢，因为下礼拜就考试了，这礼拜休课，叫学生温习功课。唉，所谓考试，不过如此而已，一学期本来就上不了多少课，拿暑假说，一放就两个月，假满开学，还得有一个月的工夫教员学生才能来齐，才能正式上课，中间再有礼拜日和放假的日子，结果只上了不到两个月的功课，就放假了。现在离放假还有三个星期，可是一个星期休课、一个星期考试、一个星期算是提前放假，您算算实际能上几堂课？一年也就念四个月的书，这四个月还是用功的学生，若是那不用功的，至少一年在电影院、溜冰场、游泳池等等地方，要耗去一个多月的时间，中国的纪念日又多，一个月里差不多平均就有一两次，计算起来上课的日子就没多少了。而上课又不是整天地上课，平均一天四小时，有时先生告假，或是晚到或是早退，一天能听了多少功课？这样学生还不用功，把这光阴都耗费过去了，太可惜了。”

刘省薇道：“郑先生赞成考试不？”

郑暮山道：“在教育好的时候，我是不主张考试，但是在中国学校，那又当别论了，我有时看学生开夜车，怪可怜她们的。可是又想到学生在这一年里，只有这一两个礼拜是真正的用功，那么考一下也好。”

刘省薇道：“我是不主张考试的，我以为只要教员好，在上课的时候，叫学生都听了下去，不必考的，考也是一种形式，像现在考试，学生溢出范围，都要抄书，这简直是蒙骗自己。”

郑暮山道：“所以这又是教育问题了。”

刘省薇道：“我们不谈这个问题了，谈一个恋爱的问题吧。”

郑暮山一听，这位小姐真痛快，连自己都不大好意思说这么个话，可是她却很坦白直爽地谈起来。郑暮山道：“怎么谈呢？”

刘省薇笑起来道：“我出题目吧，请郑先生回答我。”

郑暮山道：“好吧，今天我们却做了一回考试。”

刘省薇笑了，她道：“我问您，究竟是男子容易失恋还是女子容易失恋？”

郑暮山道：“这个问题简直难答的，在我看来，人间就没有失恋这回事。”

刘省薇道："您的意思是爱情永远不会有变化吗?"

郑暮山道："是的。"

刘省薇道："男子是不是爱了这个又爱了那个呢?"

郑暮山道："女人也是这样的。"

刘省薇道："这样说来，这样爱了那个，这个就不是失恋了吗?"

郑暮山道："不，她还是爱过这个的。譬如说吧，不论是男女，既爱了甲，忽又爱了乙，可是她对于甲，不会不爱，她还是爱。男女都是一个样，一个人总想爱许多人，男人想同时占有多少女人做妻妾嫔妃，女人也想同时蓄着几个面首。不过人都是自私的，谁都想一个人爱许多人，而许多人全爱她一个人，而这事可又是办不到，所以失意的事便多了。"

刘省薇道："爱情自古也有专一而始终不渝的，那是怎么一回事呢?"

郑暮山道："那完全是理智维系着的，所以说爱情不能完全是感情，也靠理智维系，不过理智需要有很大的力量，男人这种力量是有的，而女人是弱者，往往理智压不住感情，所以她们都需要一种外力来控制她们，这种外力便是礼教。"

刘省薇道："爱情有阶级吗?"

郑暮山道："没有，爱情是没阶级的。要是有人把爱情分阶级来讲，高级人讲恋爱，就是真正恋爱；低级人讲恋爱，便是淫荡，这是不对的。"

刘省薇道："这倒是许多人都明白的，郑先生如果讲恋爱，是主张要不要理智？”

郑暮山道：“自然，有理智是容易维持爱情到永久，不过我自己还要主张爱仍当自然的，不应当有理智的。”

刘省薇道：“那不是就有苦恼了吗？”

郑暮山道：“是的，可是苦恼是真的而快乐也是真的，我主张爱的时候就爱，不必顾到将来的痛苦，为了环境的痛苦，而牺牲目前的爱，那是不对的。”

刘省薇道：“郑先生虽然这样说，可是也未必能这样实行。”

郑暮山道：“不见得吧？”

刘省薇笑道：“您准能说爱就爱吗？”

郑暮山脸红了，心里想道：这位小姐真聪明，她知道我已经爱了她了吗？便道：“谈这个我是外行，不能谈了。”

刘省薇笑道：“您外行，谁能信呢？我问您，恋爱是不是有一种义务在里面？”

郑暮山道：“按说恋爱是恋爱，没有义务的，如果拿恋爱当着一种义务，那就不叫恋爱了。”

刘省薇道：“您说恋爱和母爱有没有区别？”

郑暮山道：“一样的，都是一种天然的爱，人类一切的爱，都是由母亲起始的。”

刘省薇道：“那么有人孝母即是一种义务，这话对吗？”

郑暮山一听，心说：她是来考我来了。便道：“那是不对的，孝也是一种爱。不过现在一般人把孝都移在情人身上，于是对于父母视为一种义务了。”

刘省薇笑了笑道：“这样一说孝父母的必日见其少了。”

郑暮山道：“不，这里还有一种理智维系着，义务就是一种理智。圣人所说身体发肤，不敢毁伤，立身行道，扬名于后世，这都是理智的孝。人在小的时候，没有离开父母，他的爱是在父母身上的；大了，离开父母了，春情发动了，便把爱放在异性身上。许多女人嫁给丈夫，便爱她的丈夫，不再爱父母，便是这个缘故。等有了儿子，她的爱又渐渐变了，转到儿子身上来，这是一种母爱，有了母爱，便对于丈夫的温存减去多了。假如追求异性的时候仍要孝父母，那便需要理智来维系了。”

刘省薇道：“今天听了您的话，真是受益匪浅，不过您现在孤身独处，是不是正在第二期?”

郑暮山莫名其妙道：“什么第二期?”

刘省薇道：“就是追求异性时期。”

郑暮山真是不知怎么答才好，半天没有说出来。他这时候已经爱了她，可是他说不出来，他又不知道刘省薇是怎么一个意思，本想试探试探她，又想不出主意试探来。看她那样子，仿佛于自己有爱，但仿佛又没有爱，难就难在这二摇八荡上，即或她若能再多表示一分来，自己便可以直接对她说“我爱你”，或者她再少表示一分，自己也可以说“我现在不需要爱”，可是她表示的将将在五分上，一半儿似有情，一半儿又似无情，这个劲儿最令人难受。

可巧这时有解围的，赵妈走进来道："老爷，晚饭开吗？"

但是他又不言语，以为刘省薇在这里，自己如何能开饭？他想叫刘省薇一块儿在这里吃吧，虽然只是一让而已，然而到底不合适，所以他半天没有说出来。

刘省薇笑了，她倒替郑暮山说道："开来吧。"

赵妈答应着道："小姐也在这里吃吗？"

刘省薇道："不，我就走，我们也该吃饭了。"随着便站了起来。

赵妈道："我做的菜不好，也不能留小姐吃，我们老爷倒是不挑，他老倒什么都吃。"

郑暮山道："坐一坐，忙什么。"他一到应酬的话上，一句也说不出来了。

刘省薇道："我回头再来，灯下谈话不是很有趣吗？"

郑暮山道："是的是的。"

刘省薇去了。赵妈把菜饭端上来，郑暮山吃着，赵妈站在旁边不住地说："老爷，咱们的面可又快没了，您得赶紧想办法。现在拿钱买不出面来，买那么几斤面，还得一黑早就去，挤到晌午才能买上，什么也干不了。再者这面也不好，我瞧人家买的简直不能吃，像我们吃着成了，您老吃着就不成。米一点儿也买不着，老爷明天还得给钱买煤了，劈柴也快没了……"

郑暮山最怕听这些事，他道："好好好。"

他这时感到自己缺少一个太太了，家里有一个太太，管理一切家事，何劳自己这样操心？自己对于家事，原是马马虎虎，一点儿也不懂的，而老妈子也是糊里糊涂，她只为她挣钱、赚钱、花钱，她不会替主人打算盘的。

他一想到太太问题，于是便对于刘省薇更爱了起来，因为更爱她，所以对于她越发尊重而不敢有一点轻慢的地方了。

他吃完了饭，坐在沙发上算自己过日子的账，可是怎么算也算不好。他把赵妈叫来，和赵妈算。赵妈也乱七八糟糊里糊涂。

他们正算得一团糊涂的时候，刘省薇进来了，她见他们算来算去，分辨不清，不禁笑了。

郑暮山见刘省薇来了，便忙叫赵妈走去。刘省薇道："不用走，待我帮着你们算一算吧。"于是她便拿了纸和铅笔，一条一条地写起来。一边写一边问，俨然主妇一般，一会儿的工夫，便写得清清楚楚。她又和郑暮山要一本账本子，郑暮山没有账本子，倒有许多稿纸，刘省薇便用稿纸钉起来，钉成一个本子，当作账簿，说道："以后我给郑先生管一个月的账试试，如果管好了，再继续下去，我也不要什么薪水，当个义务的会计和庶务您看好不好？"

郑暮山喜道："那敢则好极了，可是又怕累着小姐，我担当不起。"

刘省薇道："那有什么的？我每天到这时候也是没事的，如果郑先生放心就得，不怕我拐款潜逃就成了，哈哈。"

郑暮山道："我这家当也不值多少钱，恐怕还没小姐那件大衣值钱呢，不过我怕小姐若是管账赔了再掏本儿，可更不上算了，哈哈。”

他们拿着取笑的话，把这件事解决了。从此，每天吃完晚饭，刘省薇必过来给郑暮山写账。一切用度，郑暮山倒落个丝毫不管，完全由刘省薇支配着。有时她还帮着赵妈做一两样菜，虽然她永不在郑暮山这里吃饭，可是他们似乎已经有了一种超乎友谊的情感了。但表面上总是维持着那么坦白直爽，越在这种情况上，越是谁也不好意思表示出恋爱的心来。然而各人的心里总全明白的。

郑暮山尤其快活，他自刘省薇给他管账以来，家庭的形式似乎已经成立了。他感到一切都不用自己操心，他快活极了。他不敢对刘省薇有一点轻慢地方，他怕说出自己的爱恋，反而容易把刘省薇招恼了，这样马马虎虎下去，倒能维持长久。不过他想到刘省薇把自己娱乐的时间耗费在这里，委实有点不好意思的。赵妈也觉得老爷不管事，倒叫人家来管，真是怪事。刘省薇倒是没有一点怠容，每天总是高兴地来算，即或自己有事回来晚了，也必到这里来写账。郑暮山看着她这样忙，起初心里惭愧，但是刘省薇来晚了一会儿，他便站不住坐不住的，盼望她早些来。真的，刘省薇假如有一天不来，他真寂寞得要死了。

这天，郑暮山由学校回来，赵妈把灶王神像供了起来，原来今天是祭灶的日子了。他也不理会这些事，坐在沙发上，一边看着学生的功课，一边休息着。

这时里院李妈在院里喊道：“赵姐，外边有人找郑先生的。”

赵妈便跑了出去，一会儿，进来说道：“老爷，还是那天找您来的女子又来了。”

郑暮山想了想道：“请她进来吧。”赵妈出去了。郑暮山把东西都收拾干净，把灶王爷搬到床底下去了。一会儿，赵妈同了进来，郑暮山一看，却是一位很漂亮的女人，不过不像是处女，而像一位少奶奶，他连忙让座。

那女人问道：“您是郑先生？”

郑暮山道：“是的，我可以知道您的姓是哪一个字？”

那女人道：“我一看见您就知道是郑先生，因为郑先生的相片，曾经在各杂志上登过，我全剪了下来留着，所以一见就认识。”

郑暮山道：“噢，那么我应当怎么称呼您呢？”

那女人道：“郑先生的作品，我是每天必读的，真是写得太好了，那么动人。”

郑暮山道：“但是请您告诉我您贵姓？”

那女人道：“我今天来呢，是有一点事来告诉您。一来是拜访我素日仰慕的郑先生，二来我想给郑先生一点小说材料。”

郑暮山道：“是，欢迎极了，可是我如果问您话时，是否要大声地说呢？”

那女人一怔道：“不用，您为什么这样问？”

郑暮山道：“我以为您的耳朵或者上火？”又向那女人道：“我曾问了您三句您贵姓，您为什么不回答呢？”

那女人笑道："噢，原来是因为这个。我本不愿意先告诉您是谁，您既然这样急于知道，那么我先告诉您吧，我一提我的姓名，您一定能够知道的，因为我也曾作过几篇稿子发表过。"

郑暮山道："是吗？那是好极了，您告诉我之后再谈，不是更好吗？"

那女人道："我姓'袁'，我的署名是'碧融'。"

郑暮山道："噢，我知道了，'碧融'，看过这个署名。您作得很好啊，差不多我全拜读过。"

袁碧融道："您过奖了，我是作不好的，还请您多指教。现在我有个小说材料，贡献给郑先生。"

郑暮山道："您自己作得就很好，为什么叫我写呢？"

袁碧融道："是不是？我原是不愿意说出我的姓名的，说出来有许多不便利的。"

郑暮山道："那么您说您的故事吧。"

袁碧融道："并不是我的故事……"

她刚要接着说，赵妈给沏了茶来，忽然看见桌上供的灶王爷没有了，便道："老爷，咱们的灶王爷哪儿去了？"

郑暮山忙岔道："去去去，什么灶王爷？"

赵妈道："就是方才桌上摆着的。"

郑暮山越怕人家听着，她越是说。郑暮山道："回头再说，你先去吧。"赵妈只得去了。

袁碧融道："郑先生还祭灶？"

郑暮山红脸道："都是她们自己办的。"

袁碧融道："她们？郑先生不是一个人吗？"

郑暮山道："是，她们就是老妈子们。"

袁碧融道："我现在可以同您说我的故事了吗？"

郑暮山道："好，您先喝杯茶吧。"

袁碧融喝了两口茶，然后说道："在前几年有这么一个青年教授，他的姓名我不说吧，只说他是 C 教授。"说着笑了又道："C 教授在女中学教课，那年我记得他是十九岁。"

郑暮山听了一怔，因为自己十九岁的时候是在一家中学教课的，可是她也许说的是另一个人，同年岁的人，那是时常有的，他又静静地听着。

袁碧融道："他那时候，学校专有一个女孩子非常爱他的，可是他并不知道，因为学生太多了，C 教授又没有教她多少日子就离开学校到汉口去了。"

郑暮山一听，自己也是离开学校到汉口去的，这倒巧了，于是往下听。

袁碧融道："在那青年教授未离开学校的时候，曾经在一个杂志上主编文艺版。"

郑暮山一听，越来越像自己了，可是自己仍是不言语，听她说下去。

她又道："那时候，爱他的那个女孩子，便化假名在杂志上写稿子。"

郑暮山道："署名是什么呢？"

袁碧融笑道："先不说吧，C 教授见那女孩子写的东西很不错，他很热心地给她删改刊登，有一次这女孩子忽然写了一篇关于师生恋爱的事，C 教授大概看出是他的学生了，便想看看这女孩子，所以他给这女孩子写封信，要和她见面。"

郑暮山道："不是的，我，不，那 C 教授不知那写稿子的是女孩呀。"

袁碧融笑道："是吗？郑先生怎么知道？我是说故事啊。"

郑暮山道："噢，我是瞎说。"他脸红了。

袁碧融又接着说道："那女孩子见了他的信，又是喜又是羞，她是如何敢看他呢？她拿着那封信来回地看，只是没有办法，她是作者呀，于是她便作了一个稿子，题目是'给我那师资的朋友'，寄了去。果然 C 教授给发表了，可是不知道 C 教授是不是看出是给他的……"

郑暮山道："看出来了。"

袁碧融笑道："郑先生知道？"

郑暮山道："不，我是这样猜想，您这是事实呢，还是编的故事呢？"

袁碧融道："这是我自己编的故事，还没有编完，只差三分之一了。那最后的一段儿，我不知道怎么作好，所以特来请问郑先生。现在让我把这故事继续说下去吧，后来，郑，不，那位 C 教授到汉口去了，他大概还不知道那女孩子就是他的学生，虽然他没有教过她。"

郑暮山道："是的，他不知，这是我这样想着，后来呢？"

袁碧融道："后来分别了好多日子，他们大概都快互相忘记了，突然那女孩子又接到了一封信，是C教授从汉口寄来的，她是又惊又喜，不知怎么做才好，她实在没想到C教授还惦记着她，可是她那时候已经订婚了。"

郑暮山道："噢，是吗？"

袁碧融道："是的，她不愿意辜负C教授的好意，因为她是爱他的。可是她因为已经订了婚，礼教把她拘束住了，她只是随便写了一封应酬的信，寄给C教授，大概这封信很叫C教授大失所望，而女孩子又结了婚，新婚是非常得意的，于是他们便互相忘记了。"

郑暮山道："新婚得意吗？"

袁碧融道："是的，至少在那时候是很得意的。可是以后便不然了，她的快乐并没有多久，苦恼便渐渐来了，她已经给她丈夫生了两个小孩……"

郑暮山道："两个孩子吗？"

袁碧融道："是的，两个小宝贝，他们都很好玩。"

郑暮山道："那是很幸福的了。"

袁碧融道："可是苦恼也就来了。"

郑暮山道："有什么苦恼呢？像那样的女人，抱着自己生的小宝贝，而自己又坐在丈夫的怀里，那是多么快乐呀！"

袁碧融却把头低下去了，叹了一口气，又把头抬起来道："我的性情大概郑先生不知道。"

郑暮山道："当然不知道，可是讲故事为什么又连到您的性情方面？”

袁碧融笑了笑道：“噢，是的，我是在说故事，我还是说那故事吧。那个女人本来是一个极热情的女人，可是她的丈夫却是极冷酷的青年，他整天不理她，有的时候还要打骂。”

郑暮山道：“噢，那是很可怜的。”

袁碧融道：“因为爱看那C教授的作品，她受了那伟大的作品的感动，她竟情不自禁地爱上C教授了。”

正说在这里，只听得砰然一声响，在窗下爆炸起来，把他们都吓了一跳，跟着便是一阵笑声。郑暮山掀开窗帘一看，刘省薇正在院里放爆竹。

她道：“郑先生出来放一个。”

郑暮山道：“我不敢放。”

刘省薇道：“大概是怕吓着室内人吧？”

郑暮山简直不知答什么，他又坐下和袁碧融道：“请您说您的故事吧。”

袁碧融道：“那位是谁？”

郑暮山道：“里院刘小姐。”

袁碧融道：“按说我这故事说到这里本来没有什么了，底下的便请郑先生续完了它，不是续，只是请郑先生告诉我怎样结束好一点儿。那女人因C教授并不知道她就是他的学生，他那时候求见一面而未能见着，这回她想叫C教授看一看她，同时她又知道C教授没有太太，她便直接找了他来，在他们见面之后，她想把前后情形同他说了。郑先生我现在需要您给我解答，假如那个女人对那C教授说出爱他的时候，那C教授应当怎样呢？”

郑暮山一听，这真是一个难题，自己半天说不出来，因为虽然说是个故事，可是又全是实事，若按事实说她可又在说故事，他有些窘，掀窗帘往外看了看，刘省薇在那里放爆竹。

他道：“这个随便吧，您爱怎么写就怎么写吧，其实没有关系的。”

他看了她一眼，那漂亮的面容上，似乎含着很大的期望的神气。他本来是爱她的，可惜见面的日子略微晚些，他这时候一个摇摇不定的心情，他又想到以往。

刘省薇进来了，说道：“哟，怎么全怔着呢？见我来就不说了吗？那么我还是走吧。”

郑暮山忙道：“刘小姐请坐，我们一起谈。我给你们二位介绍一下，这是刘省薇小姐，这是袁碧融袁小姐。”

两个人见了全都坐下。郑暮山道：“袁小姐这时候应当称呼为某太太才对，敢问您的先生……”

袁碧融道：“不准称呼我太太。”

他们一听，只得不再问了。

刘省薇道：“您二位都在谈什么，我也可以领教领教？”

郑暮山道：“没有谈什么，只是谈故事。”

刘省薇道：“谈故事，那好极啦，我听一听，一定是很有趣的故事吧。”

郑暮山道：“刘小姐真不凑巧，故事已经讲完了。”

刘省薇道："哎呀，这么好的故事，我还可以再听一遍吗？"

袁碧融道："故事并没有讲完，后边还差一点儿，我来请郑先生给续上，只要说一句，就可以了。"

刘省薇道："郑先生说了没有？"

袁碧融道："没有，郑先生太客气。"

郑暮山道："实在不是客气，因为这是很有关系的。"

刘省薇道："有什么关系呢？"郑暮山也说不上来，袁碧融却暗含着乐。

刘省薇道："那么请袁小姐再说一遍，我也可以一得之愚，给您续一两句。"

袁碧融笑道："这个故事只有郑先生才可。"

刘省薇道："这倒真奇怪了，请您再说一遍，我听一听。"

郑暮山这时候有点窘，他想不叫袁碧融说吧，倒显得自己有什么心病，如果叫她说了又怕刘省薇听了不合转。他知道袁碧融今天所说的故事，就是她自己的事，她是想来找他来表示她的爱。本来，他是很爱她的，并且还很爱她的文章，那时候写信，原也有求爱之意，假如她要早两天来找他，他是毫无疑义地要回答她，C教授可以接受她的爱的。不过现在他已经坠入另一个情网里去了，他现在为了难，为难的是他对所爱的人，并没有明白表示，假如有明白表示了，他也可回复袁碧融的。倘若他表示爱了袁碧融，那便失去了这个机会了。而袁碧融可是个有夫之妇，他一声不语，袁碧融也不好意思说。

刘省薇道："那么还是请郑先生说吧，我或者可以替郑先生续下去的。"

郑暮山一听，忽然想起来，如果这个问题叫她说出来，也可以推出她的意思来了。于是郑暮山道："话说古时候有这么一个人……"刘省薇和袁碧融又笑。

刘省薇道："古时候是什么时候呀？"

郑暮山道："袁小姐也不说是哪个朝代来，所以我只说是古时候。"

刘省薇道："好吧，往下说吧。"

郑暮山道："这个人姓C叫C教授，在他编某杂志文艺版的时候，曾经有一个女孩子常投稿，这个女孩子原是他的学生，可是他并不知道。他因为她的文章写得很好，便给她寄了一封信，想交朋友，但那女孩子并没有理他。"

袁碧融道："并不是没有理他，她在稿子里都说明白了。"

郑暮山道："是的，后来，这女孩子嫁给一个很好的丈夫。"

袁碧融道："不，一个极坏的丈夫。"

郑暮山道："于是她又找到这位C教授，想得一点安慰，这时候C教授应当怎样答复呢？请刘小姐给续下去吧。"

刘省薇听了，知道这故事便是他们的事，这时自己倒不好参加什么意见，她如果说C教授不爱她了，又怕袁碧融不好过；如果说爱她，可是又不知郑暮山的意思是怎么样。她沉默了许久，因见郑暮山和袁碧融也沉寂起来，三个人又找不出话头儿，空气为之沉闷不堪。三个人都希望这问题早些解决，可是又怕解决的方式不是自己所理想的。

最后赵妈进来，她道：“小姐，李妈请您吃饭去呢。”

刘省薇遂站了起来道：“好啦，那个故事还是叫郑先生续下去吧。”

郑暮山道：“一块儿在这里吃，然后再讨论这故事问题好不好？”

刘省薇道：“不，这个我不敢替别人说话。”

郑暮山道：“您不是说能够给解决这个问题吗？”

刘省薇道：“先前我以为是什么故事，谁知并不是故事，却是古时候的一件实事，所以我不便续了。如果袁小姐肯在这里吃晚饭，那么我们饭后，还可以谈一谈。”

袁碧融一见这种情形，知道郑暮山是爱了刘省薇，至少刘省薇还是个处女，而自己已经是有了丈夫的人了。想到这里，不禁失望，遂也站了起来说道：“我也该走了。”

郑暮山道：“您不是说等着续那个故事吗？”

袁碧融道：“不，先放着吧，这样，我或者还安慰些，假如不是我所希望的，那岂不更不好吗？”

郑暮山没有说什么，把她送了出来，说道：“希望常来谈，真是我们头一次见面，没有说一句我所要说的话，改天来话吧，这个故事还没有解决呢。”

袁碧融笑了，走了去。郑暮山走了回来，进到屋里，他见赵妈正从床底下往出搬灶王爷，一边搬一边叨念：“真是，哪有把灶王爷放在床底下的，多么造罪呀。”

郑暮山没有理她。赵妈一看那灶王爷的烧饼没有了，爬在床底下找了半天也没有，她更埋怨了。郑暮山也帮着她找，找了许久，只在那墙角处，有一块烧饼角儿，于是他们便知道那烧饼一定被老鼠叼去了。

赵妈遂更叨念起来，说：“瞧，这么坏说的。”

郑暮山道：“老鼠吃了，我看比喂灶王爷还强，老鼠倒是老鼠呀，灶王爷只是一张纸，还不如喂了老鼠呢。”

赵妈道：“那不成，那多造罪呀。”

郑暮山见没有这烧饼，恐怕今天是不会休止的，遂又给了她几分钱去买。这几分钱不用写账了，因为一写账，刘小姐就知道了，叫她知道多么不好呢。她一定笑话得了不得。

赵妈便出去买烧饼，买了烧饼去供上了，这才给郑暮山做饭。郑暮山吃过了饭，以为刘省薇要来了，可是等了许久，也不见她来。他心里直嘀咕，她是恼了我吗？是因为袁碧融而生气了吗？他在屋里直转磨，心里总是想着刘省薇，他想：拉倒就拉倒，恋爱也真是痛苦事儿，现在还没有爱上呢，就是这样子，这要是爱上了呢，恐怕一点也离不开呢。算了也好，省得以后总是痛苦的。

他正在疑虑，忽然刘省薇跑了进来，手里还拿着一个小匣子，也不知里面是什么。她道：“哎呀，今天还没有算账呢。”

郑暮山一见她来，心里别提多么痛快了。他道：“不忙，明天一块儿算也好。”

刘省薇道："不，今日事今日办。"说着把赵妈叫来一笔一笔地写，写完赵妈去了。刘省薇道："袁小姐的故事，您倒怎么续的?"

郑暮山道："您猜我是怎么续的?"

刘省薇道："当然是C教授接受她的爱了。"

郑暮山道："假如我这样续了，您觉得怎样？好吗?"

刘省薇一听，马上就敛了笑容，虽然她勉强笑了笑，但究属是勉强的，一眼就可以看出来。

郑暮山怕她误会了，遂赶紧道："我并没有续下去，根本还是未完成的杰作呢。不过我觉得假如真有这么一个故事，就是这样糊里糊涂的没有结果，也倒别开生面，并且还觉得有意思些。"

刘省薇一听，略为解颜，可是对于这种糊里糊涂，有点不赞成，她道："按艺术上说，这种故事这个不了了之，倒是很有味，可是如果按事实上讲，我以为还是有个结果好。因为艺术是没有时间性的，它可以传到永久，价值永远不减。但人生却是有限的，无论如何，她总有个结果，即或是死，这个死就是结果。人生是不能糊里糊涂的过的。固然，糊里糊涂的过生活，也自有它的意义，而愿意认真过生活的人，总应给她一个途径走去才好。"

郑暮山道："是的，我们愿意给人家一个生活途径，但是人家却不给我一个途径，这怎么办呢?"

刘省薇低下头去了，郑暮山这时却想起一件事来，把灶王爷的像等物，都用火焚了。赵妈以为祭了灶，心里也自坦然。

刘省薇道："不会叫她们焚了吗？"

郑暮山道："妇人的心理，总是窄得跟针鼻儿相似，你一焚了，她也就放心了。为这一点事，招她几天不痛快，干什么呢？"

刘省薇道："郑先生真是个大老好人。"说着笑了起来。

郑暮山道："因为我是大老好人，所以一切事永远没有解决，全是那么糊里糊涂。"

刘省薇道："好，我们可以暂不谈这个问题吧，我今天带来一个玩具，郑先生可以玩玩了。"

郑暮山道："就是那个匣子吗？"

刘省薇道："是的，这是一个小孩玩的东西，但大孩子也可以独出心裁去玩。"说着打了开来。

郑暮山一看，却是个七巧板，郑暮山笑道："这种玩具很不错，在小学里应当提倡的。"

刘省薇道："他们只能够模仿，不能创作，别人画出样子来，叫他们照样子摆就成了。若是叫他自己出心裁，做出几个样子来，那还不够。我自己没事的时候，编出许多字来，也有中文的，也有西文的，郑先生可以摆一下，我看一个字能用多长时间，然后郑先生也可以造出许多花样，叫我来摆。"

郑暮山一听，倒也不错，于是把刘省薇的七巧板和图拿了过来，一看画着许多图，也有人物也有字。

刘省薇道："郑先生摆这个吧，这是西文的，我费了很多时间才做成的。”说着，把那图翻到后面一页。

郑暮山一看，原来是四个英文字母：“L、O、V、E”，合起正好是一个英文单词“LOVE”。

郑暮山笑了，心说：这位小姐原来也是琢磨这些事。遂道：“好吧，我摆摆看，但是，光是这样摆没意思，最好有赏罚，譬如我摆上来，刘小姐得奖励我，给我奖品才成。假如摆不上来，我也认罚，您看好不好？”

刘省薇道：“好极啦。”

郑暮山道：“限两分钟一个字母好不好？”

刘省薇道：“三分钟也行，可奖什么呢？”想了想道：“有啦，如果摆来，我给你一样东西。”

郑暮山道：“什么东西呢？”

刘省薇有点羞赧，她道：“这页的后面有个东西，如果把这个摆上来，就给后面画着的东西。”

郑暮山道：“后面是什么东西呢？”说着就要翻那篇儿。

刘省薇忙按住道：“不准翻，摆完了，才准翻呢。”

郑暮山道：“我先看看那页是什么东西，万一要没有呢。”

刘省薇道：“有，一定有，就是不准先看。”

郑暮山道：“是画的，还是实有其物？”

刘省薇道：“也是七巧板摆成的。”

郑暮山道：“光给我一个图可不成呀。”

刘省薇道：“不是，那图是什么我就给你什么。”

郑暮山道：“譬如要是个桌子呢？”

刘省薇道：“我就给你桌子，反正画着什么给什么。”

郑暮山道：“譬如是老鼠呢？我可不要。”

刘省薇道：“不是老鼠。”

郑暮山道：“我就怕咬，怕活的。”

刘省薇笑道：“这个是活的，也许要咬。”

郑暮山道：“哎呀，那可不好，您身上带着呢吗？”

刘省薇道：“摆吧，摆得了准有，没有也给您找去。”

郑暮山道：“给我找去？”

刘省薇道：“啊。”

郑暮山道：“是什么东西呢？”说着又要翻那页。

刘省薇急忙按住道：“不准翻，您如果翻，我就不叫您摆了。”

郑暮山道：“好好，先摆，您看表吧。”

刘省薇看看表，郑暮山便摆了起来。一边摆一边说：“这个字母摆得好，想得很好吧。”一会儿全摆完了，他道：“现在该发奖了吧？”

刘省薇在他摆的时候就看着，果然一个字也不错。她道：“我得先看看。”

郑暮山道：“绝没过时刻。”

刘省薇道：“我还得再看摆得对不对，跟我的不一样也不成。”说着，又仔细端详，其实她并不是看七巧板，而是心里算计着不叫他看后面，她有点儿脸热，有点儿不好意思。

郑暮山道：“倒是对不对呀？”

刘省薇没言语，只是笑。

郑暮山道："那么可以看后面了。"

刘省薇道："不准看。"

郑暮山道："我已经摆出来了，为什么还不准翻呢？"刘省薇无话可说了。

郑暮山见她无理由阻止自己，同时他想翻开看看也没有关系，即或这个东西不好找，自己不要也就完了，不一定是真赌。他想到这里，猛然一翻篇儿，他一看后面那页，不是什么东西，也是四个英文字母，这四个英文字母合成一个单字，他一看不觉怔了，连刘省薇也不好意思起来。

要知那四个字母是什么字，请看下章。

第二回　新符换旧符

郑暮山和刘省薇摆七巧板，刘省薇画的叫郑暮山摆，摆上来呢，就有奖，奖一个东西，那个东西就在后面画着。郑暮山既是摆了下来，那么看一看那画着的东西究竟是什么，也没关系。好在刘省薇已经答应给他的东西，早晚看见了不是一样吗？所以他猛然把那图一翻。刘省薇来不及按，把那页露了出来，两个人一看不觉都怔了。因为那画不是别的，原来是四个字母的，合起来是个“KISS”。

郑暮山一见这个字，又是喜、又是惊、又是惭愧、又是惧。喜的是刘省薇居然能给自己一个吻，惊的是刘省薇神气不定，惭愧的是自己翻得过猛，还没得刘省薇的允许，假如是别的东西，还没有什么，现在露的是“KISS”，一个字岂不叫刘省薇难堪吗？她一难堪一定要生气，于是他又惧起来。在这种复杂的心情下，他怔住了。

刘省薇呢，一见郑暮山翻到那个字，也是吃一惊的。本来她是打算这样做，她想到郑暮山也一定喜欢看的，所以她又有点高兴。然而这究竟是她的初恋，她多少又有点害羞，她望着郑暮山，见他怔怔地看着自己，于是自己也怔住了。两人相看了半天，都一时想不出什么话来说。

沉默了一会儿，刘省薇把头低下去了。郑暮山大胆地说道："不生气吗?"

刘省薇摇了摇头。郑暮山道："那么……"底下又不好说。

刘省薇抬起头来看了看他，希望他说了出来，可是他又低下头去了。刘省薇心想：他怎么比我还忸怩呢?真是书呆子呀！她笑了。郑暮山见她笑了，他也笑了。

刘省薇道："郑先生笑什么?"

郑暮山想了想也说不出来是笑什么了，结结巴巴地说不出话来。刘省薇一看，越发笑了。她越笑，郑暮山越发窘，看着那个英文字发痴。刘省薇脸又红了，她把那本儿关上了，道："我们不摆了。"

郑暮山道："那么我摆得了呢?"

刘省薇道："摆得了就摆得了吧。"

郑暮山见她不理这个茬儿，自己也不好太勉强了，只得一笑作罢。

可是刘省薇见他这种神气，以为他是摆架子，或者根本无心想要自己的吻。要不然没有男人不想接受女人的吻，尤其像自己是这样美丽的女人。她也觉得有些失望，拿起七巧板来道："明天见，我该回去了。"说着，便站了起来。

郑暮山道："忙什么，再玩一会儿不好吗?"

刘省薇道："不，明天见。"说着，便往外走。

郑暮山在后面送着，两个都没有想到今天只是这么一个结局，真是扫兴啊。走到屋门口地方，郑暮山沉不住气了，他心想就这样别了，岂不把一个绝好的机会失了，今天这么好机会还这样失去，将来还有希望的时候吗？索性今天大胆一下，他道："我们就这样别了吗？"

刘省薇听了他这句话，便站住了脚说道："那么，怎么办呢？"

郑暮山道："不是说摆上来给奖吗？"

刘省薇道："奖，奖什么呢？"

郑暮山道："奖那画着的。"

刘省薇道："那么把这本儿给您。"说着走了过来，挨近了郑暮山。

郑暮山道："不，我不要这本儿，您不是说是这本儿上那张画吗？"

刘省薇道："那也可以，把它撕了下来。"

郑暮山道："不是，是那个画着的东西。"

刘省薇道："画着的是什么呢？"说着已经更挨近了郑暮山。

郑暮山道："KISS！"

刘省薇便整个儿地挨近了他，他便抱着她，接起吻来。啊！那样的甜蜜啊！吻完了，郑暮山道："再坐一会儿。"刘省薇遂又把七巧板放在桌上，同他坐在沙发上。

郑暮山抱着她道：“不嫌我唐突吗？”

刘省薇笑道：“原来C教授是这么一个人呀？”

郑暮山紧紧地抱住她道：“我真爱你，我早就想吻你。”

刘省薇道：“那为什么不吻呢？”

郑暮山道：“我不敢。一直到方才你走，我都不敢说出来，后来一狠心，这才说了出来。假如我要早说出来吻你，你能答应吗？”

刘省薇点了点头。郑暮山道：“咳，我为什么不早说出来呢？小姐，你也够骄傲的了。”

刘小薇道：“那个袁小姐再来问你那故事的时候，你怎么样答复她呢？”

郑暮山道：“那我就对她说，我已经爱了别人。”

刘省薇道：“那她不难过吗？”

郑暮山道：“那怎么办呢？事实是这样，难道还要同她撒谎吗？那样恐怕更要苦恼了。”

刘省薇道：“她要问什么时候爱的呢？”

郑暮山道：“我就说是今天才爱上的。”

刘省薇道：“那她更要苦恼了。”

郑暮山道：“那我就说早爱上了。”

刘省薇道：“早爱上了，为什么方才才说呢？”

郑暮山道：“你给我想个主意答复她，你是聪明的，并且也允许你替我回答她的呀。”

刘省薇道：“你究竟爱她不爱？”

郑暮山道："假如没有你，我一定爱她的，可是现在我已经爱了你。"

刘省薇道："假如没有我呢，你就能爱她吗？"

郑暮山道："不，爱是爱，可是不能爱，因为她是有丈夫的。"

刘省薇道："那么你就说因为她有丈夫，而不能爱她，这不就完了吗？"

郑暮山道："假如她当真和她丈夫离了婚，怎么办呢？"

刘省薇也没有主意了。郑暮山道："先不答复她吧，等我们想好了主意，再答复她。现在我们不讨论这个问题，还是吻着陶醉吧。"说着两个人又吻起来。

这时赵妈从外面走进来，因为时候已经不早了，好看看老爷是不是安歇着。谁知她走进来一看，见老爷抱着刘小姐亲嘴儿呢。她又羞又害怕，哟了一声，转身便走。

郑暮山和刘省薇听见她哟了一声，先也一惊，后来知道是赵妈，两个人不觉笑了起来。

刘省薇道："赵妈。"

赵妈走进来道："老爷，我可没看见。"她是怕郑暮山辞她。

郑暮山道："你没看见什么？"

赵妈迟迟说道："我没看见您跟刘小姐亲嘴儿。"

他们一听，越发笑了起来。郑暮山道："你给沏点茶来。"

刘省薇道："不，我该走了，明天再来吧。"说着站了起来往外走，低声对郑暮山道："祝你今天有一个甜蜜的梦。"

郑暮山笑道："谢谢，可是今天我要失眠，因为幻想比梦还甜蜜。"

刘省薇一笑而去。郑暮山一直带着甜蜜到梦中。

第二天，刘省薇的学校已经放假了，郑暮山的学校还有一天考试，这天考试之后，也就放寒假了。他独自来到学校，到了考试的时候，他是临时出题，写在黑板上，为是防备作弊。他把题目写在黑板上，命学生当堂做，到时候收卷，不管做完做不完，概不客气。学生平时上课都是非常活泼的，问长问短，总是和先生谈些闲话，可是一到考试的时候，便全都老实了，一个个伏在桌上写。平常功课好的，便写得起劲；平常功课差一点的，这时也拧着眉头，老老实实地写。郑暮山一看反而觉得她们太可怜了，真不该有这种考试叫她们受这委屈。

他一个人坐在讲桌旁，一方面看着她们做答案，一方面往外看天气，教室里非常沉静。在外的人，真不知屋里还会有人的。

过了许久，学生渐渐做得了。有的为卖弄自己才学来得快，忙着写完了便去交卷儿。有的谨慎小心，唯恐出错儿，打了稿，又改几遍，才誊写到卷子上，写完了仍不放心，读了又读，看看离收卷时候还远，仍舍不得立刻交。有的起了几个头都不合适，来回地改。有的到现在还没有写出几行，抓耳挠腮，也无心静写下去，只是盼着大家一块儿交卷，糊里糊涂把卷子塞过去，也就放心了。有的真是洋洋大文，一边写一边看钟表，恐怕时候到了自己写不完。有的东瞧瞧西望望——希望别人给她一点意见，不管合也不合，凑起来便是一篇文章就得。有几个交了卷子走了出去，非常高兴的样子，跑到外面又扒着玻璃往里看。出去的渐渐多了，便三个一群、五个一伙地谈起来，这个问那个怎么说的，那个问这个怎么做的。

郑暮山坐在讲台上翻着学生的卷子，漫然看着，教室里的学生没有几个了，时间快要到了。这时有个叫王淑琼的学生，拿了她的卷子走过来，她仿佛是有点儿不好意思，脸红着，嘴角含着笑意，两只眼睛看着郑暮山。郑暮山觉得她有点与平时不一样，不禁注意地看着她。王淑琼把卷子放在郑暮山的眼前，郑暮山刚要接过来看，王淑琼却用手按住没叫他拿起来，然后她自己又一翻，郑暮山一看，那卷子里却夹着一封信，他不觉一怔。

王淑琼看着他那意思是怕他不注意，信再落在别人手里，那于自己不利了。郑暮山明白她的意思，自己忽觉不好意思站起来，但当时为了她的面子遂向她点了点头，表示知道了，王淑琼这才含笑走去。

郑暮山心里想：不知她这封信里写的是什么，自己又不好拿出看，假如叫别的同学看了，那一定又要起哄的，他便把那卷子塞在别的卷子里面，想拿回家去再看吧。

一会儿下了教室略为休息，便携了考试的卷子，回到家里。吃完了饭，歇了一会儿，又写了篇稿子，桌上还放着几封朋友的信，都一一写回信了。那些信里面，有一封是袁碧融的，写得满纸缠绵悱恻，他看着发怔，不知怎么答复她好。他想晚上见了刘省薇，叫她看了再说。

正在想着，刘省薇却来了。因为她学校里放假了，她没有出门，她自昨天后，便想着和郑暮山谈天儿说情话。她问了老妈子，知道郑暮山已经从学校回来，略停了一会儿，便走了过来。

郑暮山一见，很是欢喜不尽，虽然昨天已经热恋了，可是今天仍是不敢抱住了吻她。

刘省薇道："这是考试卷子吗?"

郑暮山道："是的，今天是末一天，明天就放寒假了。"

刘省薇道："这是作文的卷子吗?"

郑暮山道："是的，你有工夫可以帮着给我看看。"

刘省薇道："我哪里有资格看这个，我的学问太浅。"

郑暮山道："今天又这么客气起来，我们求着啦，瞧瞧。"

刘省薇笑道："我看头一遭儿，看完了之后，给它们一个批评，给你放着，然后你再看第二回。"

郑暮山道："也好。"

刘省薇道："这是谁的信?"

郑暮山道："这是袁小姐来的，我正要给你看呢。"

刘省薇道："我不看，不要给我看。"

郑暮山站起来抱着她道："哟，小姐，你是不是又生气?"

刘省薇道："我不生气，本来，碍得着我什么相干？爱写信不写信，我才不管。"

郑暮山道："得啦，小姐不要生气了。"

刘省薇道："谁像您这大作家，许多女人都给您写信。"

郑暮山道："谁写信呢？不是就这么一个袁小姐吗？别人谁给我写信呢？小姐，你过于聪明了，相信我吧。"

刘省薇道："得了，别来这套了。"说着拿着卷子漫然地翻看起来。

郑暮山把椅子放好，说道："小姐坐下看，我给小姐沏茶去。"说着把刘省薇抱在椅子上，叫她坐了，自己便叫赵妈沏茶。赵妈大概又找李妈说话儿去了，没法儿，只得自己下厨房。

刘省薇便坐着看起卷子，一本一本地看，她觉得有点腻，便挑选那字写得清楚的先拿出来看，一看字写得不整齐的便先放在一边。她忽然看见有一本，写的字非常秀丽，她爱极了，一看那名字叫王淑琼，她便接看下去。看到翻篇儿的地方，她一翻页，就看见赫然一封信夹在里面，她不觉一动，她立刻想到这是一种情书了，因为普通信可以邮寄，有话也可以当面说，而这封信却是面交，一定是什么情书无疑了。她拿起来看了看，见信还封着，当然郑暮山还没有看就夹在里边了。她看了看那字迹，和王淑琼卷子的字迹一个样，并且又夹在王淑琼的卷子里，虽然皮上写着内详，可是王淑琼的信没错儿了。她想打开看，但知自己又没有私拆人家书信的权利。不看，心里又着实不痛快。她仍旧把信夹在卷子里，另放在一边。

这时郑暮山沏了茶来，说道："喝茶吧。"

刘省薇装作不知道的样子，还是一本一本地看。郑暮山道："怎么样，她们里面有好一点的吗？"

刘省薇道："有，有一个很好的，字也写得好，我看得给她一百分。"

郑暮山笑着："一百分？不能，你还是感情用事，给学生判分数，不能感情用事的，看她的字顺眼就多给分，是不对的，虽然字也占一部分成绩。"

刘省薇道："实在，不但写得好而且作得也好。"

郑暮山道："谁呢？"

刘省薇道："我不大记得名字了，你想一想是谁呢？"

郑暮山想了想道："倒是有几个好的，不过得一百分的实在没有。"

刘省薇道："可惜一百分到头儿了，不然得给一百二十分呢。"

郑暮山道："谁呀？值得你这么夸赞，我看看。"

刘省薇道："就是您那得意的高足，王淑琼小姐。"

郑暮山一听，哎呀一声，他想起王淑琼的卷子里还夹着一封信，一定被她看见了。心正一怔，刘省薇把那卷子掷在桌上道："你瞧这卷子里还夹着一封信。"说着便看郑暮山的神气。

郑暮山拿过来一看，见信还在里面，便不好意思起来。一看信还没拆，他为了难，拆不拆呢？他不知里面写的是什么，拆开必须给她看，假如写着什么，多不合适。可糊里糊涂不给她看也不好，总之，这封信会惹起她的误会来的。

他道："这些孩子们一来就写信，专爱写个信。"

刘省薇道："你不是说没有人给你写信吗？"

郑暮山结结巴巴地道："她们的哪里叫信？都是什么稿子叫我改的。"

刘省薇笑道："我不信，拿来我看看她们的大作。"说罢，把信接过来，拆开便看，只见上面写着：

> 亲爱的老师，今天这封信您大概很奇怪吧？可是我很早很早就想写的，只是没有勇气。人言是可畏的，环境不允许我大胆和您通信，但是如今怎么也止不住我这燃烧的火焰。老师，您不会说这孩子大概犯了疯病了吗？您知道我是怎样的热烈地仰慕您哪！您的学问，您的教法，您的谈吐，您的一切，我没有一样不深深地刻印在脑海里。我时常有一种幻想，一种可笑的幻想，虽然也希望着这种幻想也许有能实现的一天，可是可能性太少了，于是我便时常对于人生灰心起来。老师，亲爱的老师，您不笑我是个痴子吗？的确，我觉得我实在是痴了。哎，这些话先不说吧。老师我想寒假快到了，在寒假里如果白白过去，真是可惜。您不是鼓励我们在寒假里多练习写作吗？我打算服从您的话，努力写作，不过没有人指导，实在是缺憾，所以打算在寒假里，每天找您去学，请您指教我，不知您教我这个笨孩子吗？我渴望着您的回信。

再者为避免人家的口舌，请不要把这封信给任何人看才好。

再谈，王淑琼。

刘省薇一边念着一边笑，郑暮山听了直出汗，有点手足失措，直皱眉头。其实刘省薇是能原谅他的，他何必这样着慌？

刘省薇念完了，知道这不能怨郑暮山的，但她看郑暮山这样着慌，越发刺一刺他，她道："郑大教授的高足真是多情，都那么温柔体贴，这全是郑先生平时谆谆善诱的功劳。"

郑暮山道："你怎么说这些话？"他有点着急。

刘省薇笑道："我不说这话说什么呢？这都是你自己做的事，这不都是明摆着呢吗？"

郑暮山真是着急了，他道："你叫我说什么呢？"

刘省薇道："那谁管呢？你爱说什么就说什么，我看你怎样自圆其说。"

郑暮山道："这都不怨我呀。"

刘省薇道："不怨你怨谁呢，难道还怨我不成吗？这还是明摆着的，那不知道的还不知有多少呢。"

郑暮山急得都要哭了，他道："我跟你起个誓成不成？"

刘省薇道："科学时代起誓是没有用的。"

郑暮山道："你，你，如果再不相信我，我怎么办呢？"

刘省薇笑道："我知道你怎么办呢？你最好每人给她们写一封信，给她们安慰一下，多么好呢！我们便可以恢复我们以前的状态。”

郑暮山一听，倒在沙发上，一声不语。刘省薇知道他够受的了，遂坐在他的身旁，抚着他的肩道：“你瞧，这么大气，可别急坏呀，我是气你玩儿。”说着，和他接了一个吻。

郑暮山真是又惊又喜，不知她究竟怎么一个心情，他道：“你真会捉弄人。”

刘省薇笑道：“大教授是这样受不住气。”

郑暮山道：“我真爱你，我并且还怕你不爱我。”

刘省薇道：“你永远叫我相信你就得。”

郑暮山道：“我一定叫你相信我。”说着，便拿起王淑琼的信来。刘省薇以为他一定要撕去，便注意看他。

他道：“我把它撕去。”

刘省薇道：“撕不撕我才不管，你若心疼这封信，便别撕吧。”说着站了起来，走在一边，那边桌子上有个镜子，她虽然背着郑暮山站着，可是她却在镜子里看郑暮山的动作。

郑暮山本来想把那封信撕了，以博刘省薇的欢喜，可是他又想到王淑琼这样热慕着自己，自己这样无情地把她的信撕掉，实在有些不忍。他并不是要和王淑琼恋爱，他只是一种感情作用，他觉得没有爱情，还有感情呢，难道不和她恋爱就忍心把她的信撕了吗？一个朋友的信，都不能看完了一撕，何况一个女孩子的信呢？他拿着那封信心里一软，不好意思撕去。可是不撕刘省薇又要误会的，他抬头一看见刘省薇背着自己站着，他便把信纸掏出来装在兜里，光把那信皮撕得粉碎，并且故意用力，使撕的声音挺大，叫刘省薇听见是撕信呢。撕完了，把这一团纸屑拿着扔在纸篓里，嘴里还说着："把它撕了，这你相信我了吧？"

刘省薇笑着走了过来，把他抱住道："我真爱你。"

郑暮山笑了，他道："这你总可相信我了？"

刘省薇道："我相信你，我相信你是非常聪明。"

郑暮山得意地笑了，他道："你也是非常聪明的。"

刘省薇笑道："我不聪明，所以你撕了一个信皮儿，我就相信了。"

郑暮山脸红道："什么？信皮儿？那是一封信哪。"

刘省薇笑个不住道："信是在兜里呢。"

郑暮山越着慌道："谁告诉你的？"

刘省薇道："那面镜子告诉我的，它并且告诉我那封信是在你的衣服兜里。"

郑暮山一听，简直又羞又愧，却不知怎么好了。其实刘省薇也知道郑暮山的心理，假如郑暮山把那封信一撕，她或者还要以为他冷酷些，所以他虽不撕而刘省薇便更知道他是一个热情的人了。她并不反对郑暮山把那封信保存起来，不过她觉得郑暮山有点儿弄巧成拙而已。郑暮山却真不知怎么好，他以为这回刘省薇一定生气了，便恐慌发窘地看着她。

刘省薇看了他这样儿，不由更笑了，抱着他道："咱们还是坐在沙发上去吧。"

郑暮山真不晓得她是一种什么意思，他道："你是在玩弄我吗？”

刘省薇一听，不由止住笑颜，绷着脸说道：“什么？我玩弄你？这种话你怎么说得出来？我们来看看，是谁玩弄着谁。”

郑暮山简直无地自容了，他道：“请你原谅我说话太鲁直吧，我以为你是一定很生气的，结果你会这样笑，所以我竟猜到你是在玩弄我。”

刘省薇一听，又笑了起来，她道：“我的确在玩弄你，可是我的确又爱你，咱们坐下，你听我告诉你说。”

于是他们又全坐在沙发上，刘省薇道：“我知道你把王淑琼的信保存起来是什么意思，你是不忍心撕去，并且你的心里还想着给她回信，使她不致灰心。你是一个佛心婆口的人，愿意人家全都负你，你不愿意负人家，是不是？你恨不能把你一个心，分成几万个，给天下失意的人，以给她们安慰。你并不想爱恋着她们，因为你并不想占有她们啊。所以你不想把王淑琼的信给撕了，我早就明白你的心。假如你当真把信撕了，我也许还觉得你这个人太薄情，对人太冷酷些。所以我觉得你把她的信偷偷地藏在兜里，而撕了信皮儿，叫我和她都不感觉难过，我很同情你的心，可是你不该使这样聪明的手段对待我，我希望你明白对我说了，我并不反对的。”

郑暮山听了她这些话，不由又着急又惭愧，同时他更爱她了，觉得她对待自己这样好，这样地爱自己，非常感激她的。遂道：“爱，我真感激你，我又非常爱你，你太聪明了，你最了解我了，再也没有我最爱的人像你这样的。”

刘省薇道：“只要你不变，我也永不变的。”

这时，两个人沉默一会儿，李妈又找小姐吃饭，刘省薇站起来便走。

郑暮山道：“这回可否在一块儿吃？”

刘省薇道：“不，妈没有我吃饭不香，况且这么近，一会儿我再来，今天的账还没有算呢。”说着一笑而去。

郑暮山看着她的后影，又高兴又难过，自己拿出王淑琼的信来，心里一阵惭愧。本来，他对于王淑琼是喜欢的，觉得她是怎样娇好，惹人怜爱，可是他现在受了刘省薇这样伟大的感动，他渐渐觉得王淑琼有些渺小了。所以他打算转移爱人的目标，或是阻止爱人爱别人，只有自己将自己的热情拿出来，叫爱人感到爱的伟大，这种力量是比什么方法都大的。

郑暮山拿着王淑琼的信，又看了一遍，心想：不给她写回信，她一定又难过的。写信又怕一认真起来，女孩子理智压不住感情，假如她的爱情冲动起来，是难遏制的。他想了想，便这样给她写了一封回信：“淑琼小姐：您的信我已看了，利用寒假来学习写作，那是再好没有的，希望我们一块儿研究吧。不过您来的时候，能够和几个同学们约好一块儿来，我想更有趣味些吧。”写完看了看，觉得措辞还没有什么可以使她难过的。吃完了饭，又叫刘省薇看了看。

刘省薇道：“何必叫我看？你就发了吧，我还希望看一看她，或者我们也许能够做了好朋友也未可知。”

郑暮山一听，遂把那封信发了。他的意思，原是暗中拒绝和王淑琼爱恋，他叫王淑琼跟同学一块儿来，省得王淑琼一个人来不合适。假如多一个人来，王淑琼不是不好有什么表示了吗？刘省薇看了看这封信，也知道他的意思，便叫他发了。

过了两天，王淑琼真个来了，并没有同着同学来，而是同着表姐来的。她的表姐叫唐幼臣，原是和刘省薇在一个学校，可是并不同系，所以并不熟识。并且唐幼臣刚刚去了一个学期，连六个月都不到，所以她们更不认识了。

唐幼臣是一个相当浪漫而极好虚荣的女子，年纪比王淑琼才大一两岁，可是她好像世故多了，有时不免爱向同学谈天，谎话也非常的多，不过她性情还随和，所以大家和她也很好。她平时便知道郑暮山的名字，也时常读他的作品，因为王淑琼不断地和她提起郑暮山，于是她对于郑暮山的一切，知道得很多。她平时是好交男友，并且还拿交男朋友为一种光荣的事来向同学说，仿佛交男朋友多，便是她比别人胜强处。王淑琼受了她的熏染，那朵芳心也常常跃跃欲试。她虽然没有唐幼臣那样开通，但偶尔也向她讨教一二。她这次给郑暮山写信，并没有告诉唐幼臣，她想：如果告诉了她，而郑暮山并不回信，岂不难堪。假如回了信，那么再向表姐说，也不算迟。她心正自嘀咕，忽然接到郑暮山的回信，她是多么喜欢呢。可是郑暮山虽然允许教给自己，但又要同学一块儿去。她不明白这是什么意思了，她拿了这封信，找到表姐唐幼臣。

唐幼臣说道："呀，他会给你来信了。"

王淑琼道："你看，他说叫我跟同学一块儿去，这是什么意思呢？”

唐幼臣道：“他一定是避免嫌疑，如果你一个人找他去，他家又是他一人，倘若叫别人看见，一定要说什么闲话。再者你们究竟又是师生关系，所以他存这个小心，是可以谅解的。”

王淑琼道：“可是你知道我的意思是不愿意叫同学一块儿去，我还想避免同学呢。”

唐幼臣道：“要不然我同你一块儿去吧．我也正想学一学写作，并且我也想看一看郑暮山是什么样儿。”

王淑琼一听，自然欢喜，有表姐同她去，自然比同学好多了。她们第二天便找到郑暮山。

郑暮山把她们让到家里，经王淑琼给他们介绍，郑暮山才知道是她表姐唐幼臣。唐幼臣先前还以为郑暮山一定很大的架子，瞧不起人，今天一见，原来是很老实的一位青年君子。

三个人落了座，唐幼臣说：“表妹王淑琼接到您的信，便找到我来，她说郑先生希望多几个人来学，我呢，早就景仰郑先生的大作，老想和郑先生学一学，始终没有机会，今天趁了这个难得的机会，同王淑琼一块儿来了，请郑先生多多赐教才好。”

郑暮山一见唐幼臣，就知道她是一个爱慕虚荣的好交际的小姐，他想：真正要和她谈起什么文学来，她或者要感到头疼。听她的谈话，知道她是很好交际的。他道：“太客气了，我不敢说教的，希望我们有工夫可以一起研究研究。”

王淑琼在一旁只是笑着，也不说话，看着郑暮山一语也不发，她似乎在琢磨她的甜蜜的开始。郑暮山对于生客人，也说不出什么来，倒是尽听唐幼臣的了。唐幼臣见郑暮山人很老实，词锋并不甚锐，她越滔滔不绝了。在唐幼臣说话的时候，郑暮山便细心看着她，她烫着嘉波式的头发，穿着短袖的旗袍，美丽是相当的美丽，可是听她所谈的，却没有什么真实的学问，脑筋里只装了一些皮毛玩意儿，那新名词说得似乎比自己知道的还要多。

郑暮山想道："这位小姐，如果没有相当的人指导她，恐怕她的前途实在危险。然而像这样的小姐，又往往自负得很，不十分听信别人的指导，她总以为她是聪明的，别人都不及她，这种小姐要是走到社会上，多半仗着她那美丽来向男子骄傲，男子们也真屈己从人地对付她，所以她就越发骄傲。而向她追求的男性们，差不多又都是爱她的颜色而缺乏知识的人，于是她便更瞧不起男性了，以为男性都是这样。如果她就这样马马虎虎过了一辈子，那也是很好的幸运。倘若她碰了钉子，或是一旦自己觉察起来，那苦恼也竟来了。"

他又想到了袁碧融，袁碧融是一个脑筋清楚的女子，她对于郑暮山，完全是需要一种精神安慰，固然她想占有他，可是环境不可能时，也只好以为只要郑暮山说出爱她来，他就是永远不见她，她也是安慰的。唐幼臣和她相反，她是爱不爱没关系，只要常在一块儿，叫人家说他爱她，她就喜欢的。

郑暮山尽想这些问题，所以唐幼臣说了些什么，他也没有听进去，他只听到些"女人应当统治社会；女人是社会的中心，男人不能拿女人做玩物；女人不但应当参政，就是社会一切事业，都得有女人参与才成”。

王淑琼觉得她这套说得太多，遂道：“我们该走了。”

郑暮山也没有表示留，只说：“有工夫常来谈。”

唐幼臣遂和王淑琼走了出来，她道：“郑暮山原来是这么一个老实人，我以为他是多么能谈呢。”她没见郑暮山以前，她是震于郑暮山之名而景仰他，既见了之后又有点轻视他，她完全以人做前提，而不是看作品的呀。

王淑琼道：“他在学校的时候，也是这个样子。”

唐幼臣道：“我以为郑暮山是个了不得的人物，原来也和平常人一样。”

王淑琼道：“当然，人都是一样的，不过只是脑筋不同而已。”

在唐幼臣呢，却以为人之不同，完全在表面上，里面是一个样的。她们分别了以后，唐幼臣觉得郑暮山也不怎么样，不过今天认识了他，总可以向别人夸耀的了。

第二天，有两三个同学找了她来，因谈到小说而谈到郑暮山，唐幼臣一见别人崇拜郑暮山，于是她也就觉得郑暮山可爱起来。她笑道：“郑暮山跟我很好。”

同学惊讶道：“真的吗？”

唐幼臣道：“昨天他还约我到他家去和他谈了半天。”

同学道：“以前怎么没有听你说过？”同学也知道她如果有什么得意的事必向同学述说。

唐幼臣道："我以前也偶尔说过，只是你们不注意罢了。"

同学道："你怎么跟他认识的？"

唐幼臣道："我有个表妹是他的学生，有一次和表妹看电影，遇见他了，我一看，原来我们早就认识的，自从那次之后，他总是不断地给我写信。"

同学道："你们时常一起玩吗？"

唐幼臣道："时常在一起，你们今天来得不凑巧，他明天还要到我这儿来的。"

同学道："你们一定有了爱情了吧？"

唐幼臣笑一笑，说道："狗嘴吐不出象牙。"

同学也笑道："你们一定有爱情。"说着有点羡慕的意思，又道："你可以把他的情书给我们看看。"

唐幼臣道："不能给你们看，将来你们也许看得见。"

同学道："你们是不是要结婚？"

唐幼臣道："现在还谈不到。"

一问一答，唐幼臣顺口说着，越说越真似的。同学也相信起来，又问郑暮山是什么样儿。唐幼臣遂把郑暮山的样子说了一遍，甚至于郑暮山的鞋是什么样儿，她都说得很清楚，同学自然更相信了。互相一传说，把事态越发造得挺真，而唐幼臣也越发说得天花乱坠，也不好再否认了。有时她也想再慢慢更正过来，因为这空气造出去，究竟有露马脚的时候。可是她否认的时候，大家反而不相信了，都确定她的确和郑暮山恋爱。唐幼臣因为空气已经作成，没办法，只好每天和王淑琼一块儿到郑暮山家里，为的是将来叫人看看，表示自己并没有撒谎。她谈恋爱都是为人家，人家说跟谁恋爱光荣，她便去跟谁恋爱，她完全不是为了自己，她对于一个人的好感与恶感，都不是自己的心意，而是听了人家的，她对于郑暮山也是如此。

她本来无所谓爱与不爱，她不觉得郑暮山怎么好，也不觉得怎么坏，郑暮山的好与坏，她也看不出来，人家都说他好，她也就说起好来。她见了郑暮山，不免就透出爱的表示。郑暮山原怕王淑琼向自己表示恋爱，所以他才叫王淑琼多同一两个人来，不想这回不但没有省心，反而又多添了一个麻烦来。

唐幼臣这天竟独自找了郑暮山来，郑暮山真有点窘，可是又没有办法。唐幼臣说："郑先生的爱人一定不少吧？"

郑暮山道："我也不大清楚。"

唐幼臣道："其实是没有关系，现在男女社交公开，我们要打倒礼教，爱人，谁都可以有的。生活这样的苦闷，我们不能够剥夺我们的幸福，我们要努力走向快乐的途径上去，任何意识都缚束不了我们的自由。我们是替世界人类谋解放，我们要给女性们造一个新的途径，前面就是我们的乐园，光明在前面，恋爱是神圣的。"

她这一套，郑暮山不知她说的是什么意思，也不好应声，唯唯诺诺。唐幼臣见郑暮山不表示意见，真是不喜欢，世界上的男人，还没有像郑暮山这样不知趣的。男人见了她，谁不陪着笑脸奉迎她呢？男朋友听了她的话，谁不满口赞同，把她颂扬一阵呢？而郑暮山却没有表示，真未免大煞风景。也就仗着他是个有名的作家，要不然自己早生了气了。

她道："郑先生这么用脑筋，也是太累了，应当找一种精神寄托，做一种调剂才好。"

郑暮山道："您是说看看电影，看看书等等的吗？"

唐幼臣道："不，我以为您应当找个安慰，不然一个人不闷得慌吗？"

郑暮山道："惯了也不觉得闷得慌。"

唐幼臣道："我以为您应当有个女人做一种生活调剂才好。"

郑暮山道："那不是玩弄女性了吗？您不是不主张玩弄女性吗？"

唐幼臣道："不是这种说法，我觉得您当有个爱人。"她简直没有话可说了。

郑暮山道："爱人？我想爱人不是找的吧？若是随便找，能有好结果吗？"

唐幼臣道："是的，您平日是不是有您喜欢的女人？"

郑暮山道："我希望唐小姐谈一些别的吧。"

唐幼臣心说："这男子真是呆子一个，真有不爱女人的男子吗？"她遂不再谈这个而谈了些别的便走了。她心说：非得叫你爱我不可的。

郑暮山见她去了，心里轻快很多，他心想："可惜这么美丽的小姐，原来脑子里是这样的空虚。"

他想立志把唐幼臣教正过来，打去她的一切虚荣观念。而唐幼臣正在打他的主意呢。两个人的意志正相反，怎会不演出滑稽剧来呢？

这时候，已经是旧历新年，中国人还未能免俗，家家都扫房洁屋，门口儿也贴起新的对联来。人人见着都是那么喜笑颜开的，见面作揖，互道新喜发财。那做买卖的，年三十晚上还因为要账打起一通架来呢。一过年再见着，也满脸堆笑，互相道喜。把三十晚上的事仿佛全都忘了。再者大正月的，即或有点别扭，心里也不敢不痛快，也得勉强欢笑，以为大正月的要生气，一年也不顺当。那家里人呢，除夕还在一块儿守岁，刚刚睡了一觉，第二天便起来互相请安道喜，仿佛几年不见似的。

刘省薇见了郑暮山，便笑道："过年好，多多发财。"

郑暮山道："我们不是财迷，发财不发财倒没关系，只希望我们今年爱情顺利。"

刘省薇道："你倒会说摩登吉祥话。"

赵妈给刘省薇贺年道喜，跪下就磕头，刘省薇笑了起来，郑暮山也笑她，这种为钱就磕头，幼稚得厉害。刘省薇便给她两块钱，赵妈欢喜极了，立刻张罗沏茶。

郑暮山和刘省薇便每天一起谈话、摆棋、摆七巧板，他们互相做许多新奇的摆法，一天一天地过，非常快乐，非常甜蜜。他们也不出去玩，也不听戏看电影。这个寒假，便这样的过去。王淑琼来了两次，全赶上刘省薇家里来亲戚，她不得不去陪着说话儿，所以她并没有见着，连唐幼臣也都没有见着。

可是她们来了几次，刘省薇都知道，因为郑暮山全对她说了。

这天，刘省薇正在郑暮山屋里谈话，唐幼臣来了，刘省薇见她很漂亮的，可是却露着浮华的神气，似乎在哪儿见过，可是又想不起来。她道：“这是王淑琼小姐吗?”

郑暮山道：“不是，这位小姐姓唐，唐小姐是王淑琼的表姐。”说完便又给唐幼臣介绍了。

她们虽然同学，可是并不同系，所以彼此并不认识，不过看着眼熟而已。唐幼臣来了两次，并没有看见过刘省薇，今天遇见，她以为刘省薇和郑暮山也不过是普通友谊而已。她为表示她和郑暮山亲切起来，所以她更要在谈话里表示亲热。

她道：“最近写什么稿子，叫我看一看。”

郑暮山道：“什么也没有写，近来还是懒得执笔。”

唐幼臣笑道：“为什么这样懒呢？我想没有爱人督催着你，你是不肯写的。”

郑暮山道：“我的爱人并不督催我写稿子，她尽跟我谈天。”

唐幼臣以为这是说她呢，她便笑了，说道：“谈天也可以给你不少材料，我是最爱说的，说起来便没有完。”

刘省薇见她和郑暮山说话，非常亲热的样子，不禁纳闷，她一声不语，只是听着。

唐幼臣道：“你喜欢听你的爱人谈话吧?”她是指着她自己说的。

郑暮山道：“爱听，爱听极了。”他是指着刘省薇说呢。

三个人这时候全闹拧了。

唐幼臣道："那么我们多谈一谈吧。"

郑暮山一听，这茬儿有点不对，他怕刘省薇误会，又怕唐幼臣再说出更甚的话，便说道："你们二位原是同学呀。"他以为对唐幼臣一说刘省薇是她同学，她也就不再说什么了。

但是唐幼臣一见刘省薇是同学，便越发对郑暮山表示亲热起来，她已经对同学说了郑暮山是她的爱人，现在当着同学，如何能不表示呢？将来她要到学校一说，同学不是更知道了吗？

可是她这一亲热，郑暮山却受不了，他本想灭去她的热度，反而更增起她的热度来，他又不好意思说出刘省薇就是他的爱人。他着慌了，有点出汗。刘省薇也越发疑惑起来。

唐幼臣谈了一会儿，觉得今天的成绩还不错，居然郑暮山把我看作爱人，假如没有刘省薇在旁边，说不定他就要向我求爱哩。她得意地走了。

刘省薇向郑暮山道："她是你早认识的吗？"

郑暮山道："不，最近认识的，就是同王淑琼一块儿来。"

刘省薇道："怎么跟你说话那么近呢？"

郑暮山道："她那个人就是那个样儿。"

刘省薇道："不，我看着特别。"

郑暮山道："你看她那人的谈吐，你也就知道她的脑筋里都有一些什么了。"

刘省薇道："反正她已经表示爱你了。"

郑暮山道：“不管她。”

刘省薇道：“什么不管她，难道你也喜欢她吗？”

郑暮山道：“她比起你的思想来，差得太远了，我能爱她不爱你吗？”

刘省薇道：“她漂亮呀。”

郑暮山笑道：“漂亮有什么用？我并不爱漂亮，并且，她也没有你漂亮。”说着就要抱她。

刘省薇道：“你庄重些。”

郑暮山一听，吓了一怔，以前还没有这样碰过钉子，他便道：“小姐生气了吗？”

刘省薇道：“我不希望你拿对待唐小姐那种轻薄态度来对我。”

郑暮山道：“真奇怪呀，我怎么轻薄了呢？”

刘省薇道：“什么爱人爱人的。”

郑暮山道：“我那是对你说的呀。”

刘省薇道：“我不稀罕，凭什么对人要说我呢？”

郑暮山道：“我是怕她说出爱字来，所以我先说出我有爱人来，以便拒绝她了。”刘省薇不言语了。

郑暮山道：“小姐还生气吗？”

刘省薇道：“以后我不准你理她。”

郑暮山道：“好吧，我一定不再理她了。”

刘省薇道：“袁碧融那个人倒还好，这个唐幼臣，简直一点也不像大学生。”

郑暮山道："她还是你们同学呢。"

刘省薇道："哼，我们学校，我真没看得起，办得糟极了，我真不想在这个学校念了。"

郑暮山道："上哪儿去呢？"

刘省薇道："到美国去。"

郑暮山道："那么，我们不是分开了吗？"刘省薇又不言语了。

郑暮山想到，假如她真到美国去，那么自己怎么办呢？也许是她说着玩呢，他说道："你真想去吗？"

刘省薇道："是的，我真想去。"

郑暮山悲哀了，因为刘省薇这个人非常高傲，平时她还看不起人，假如她到西洋去留学，一切知识又增加了，恐怕她对于自己不会再爱了吧？况且地方隔得一远，时间离得一久，爱情也容易发生变化，他半天不言语了。

刘省薇道："我到美国去，你应当替我欢喜，为什么这样不高兴呢？"

郑暮山道："很好很好，我没有什么不高兴。"他还是不愿意失去自己的尊严。

刘省薇道："我打算入医学校，你说我学医好不好？"

郑暮山惊讶道："你为什么要学医呢？真怪，我没有想到。"

刘省薇道："我是志在救人哪。"

郑暮山道："你同谁一块儿去呢？"

刘省薇笑道："同我表哥一块儿去，他也是学医的。"

郑暮山一听，立刻轰的一下，头有点发沉，心里发乱。刘省薇见他这神气，知道他是动了心，便又笑道："你瞧你这个神气，我是冤你呢。我并没有表哥呀，你这大作家，写小说一来就是表哥和表妹恋爱，都印在脑筋里了，所以我一说表哥，立刻你就发起愁来，快不要这样吧，我是冤你玩呢。"

郑暮山一听，将信将疑，他道："你不要拿假话当真话说，又拿真话当假话说，我反正都明白的。"

刘省薇笑了起来道："你明白什么？我的作家，你遇到这时候就把你那害人的智囊都没有了。我是气你呢，因为刚才你把我气了些时候，所以我报复一下。"

郑暮山道："不管是真是假，我希望你对于我要真实些。因为我对于你是真诚的，假如你对我虚伪，虽然是在哄我，我是非常痛苦的。倘若你不爱我，你就明白说出来不爱我，我反倒没有痛苦。"

刘省薇道："嗬嗬嗬，刚说了这么两句，就招惹你这一大套，还了得吗？我告诉你……"说着挨近了郑暮山，把郑暮山的手握在自己的手里，对着他的手指道："美国，的确是有这么一个打算，可是我想叫你陪着我去的。"

郑暮山一听，十分怀疑道："你又拿我开心吗？"

刘省薇道："不，我这是真的，我曾想过几回，假如我一个人到美国，我又不愿意离开你；我想同你一块儿去，可是又怕你不喜欢去。我想你若是到美国去，可以多得一些材料。"

郑暮山道："我也很早就想到那里游历一下，那么，我们先慢慢地计划一下吧，到暑假的时候，我们再去，这半年里，我也得筹备一番。"

刘省薇喜欢道："那样是最好了。"他们又亲热地抱起来。

郑暮山道："学校又快开学了，日子过得真快，这个寒假里，直仿佛才过了几天的样子，这也就是同你整天在一起，不知不觉地就过来了。这个寒假，是我最快乐的日子，我永远忘不了它。"

刘省薇道："假期里固然很快乐，开了学却更快乐了。"

郑暮山道："怎么？"

刘省薇道："可以和王淑琼小姐天天见面了。"

郑暮山用力抱着她道："你又跟我闹着玩了。"

刘省薇道："我始终也没有见着她，哪天我可以见见她不？我真喜欢她那笔钢笔字，写得真好。"

郑暮山道："这也是一种天分，你的钢笔字也很好哩。"

刘省薇道："听说看字可以看人的性格，有这话吗？"

郑暮山道："可以的。"

刘省薇道："那么你看我写的字，是怎么一种性格呢？"

郑暮山道："你的字非常俏丽，所以你的性格是富于理智的。"

刘省薇道："王淑琼呢？"

郑暮山道："王淑琼的字整而洁，性情安详，是个贤妻良母的样子。"

刘省薇道："哼！"

郑暮山道："你瞧，你又哼，你不是叫我批评字吗？"

刘省薇道："贤妻良母，那你就娶她吧。"

郑暮山道："真是，我说她贤妻良母，也不是我就想娶她呀。"

刘省薇道："那么袁碧融的字呢？"

郑暮山道："你看我的字就是一种柔弱无能的样儿，表示我是个富于情感而且老实的样子。"

刘省薇笑道："嘀嘀，天下的好处都叫你占了，我没问你，我问的是袁碧融的字。"

郑暮山道："袁碧融的字秀而无力，是个多愁善感的女子。"

刘省薇道："那唐幼臣呢？"

郑暮山道："我就没有看见过她的字，她是不是会写字，我还不知道呢。"

刘省薇道："你瞧你这看不起人的劲儿。"

两个人谈到深夜，刘省薇回去了。郑暮山想到将来可以和她到美国去，那么在旅途上，一定更要甜蜜快活了，不由高兴起来，做梦仿佛也到了美国一般。

过了几天，学校都开了学，郑暮山仍旧每天上课，早晨的时候，总是和刘省薇一块儿散步去。过了年来，天气暖得多了，初春里的途上，浴在朝阳的光里，显得特别松快。走到朝华女中，郑暮山和刘省薇分别。

他上课的时候，看到王淑琼，态度和假前不一样了。她越发腼腆得厉害，两只眼睛望着郑暮山，仿佛脉脉含情的样子。这时郑暮山便问她们寒假里都作了些什么文章，她们便把寒假里所作的全交了上来。

王淑琼并没有交。郑暮山原是劝她们利用寒假多写点儿东西，王淑琼先说和自己学学创作，也还喜欢她。今天看大家尽交了假期作品，唯有王淑琼没有交，他便不高兴了。他以为王淑琼是不尊重自己的话，又来欺骗自己，而且又不是一个用功的学生，所以他对于王淑琼不喜欢起来。同时自己还有点悲哀，仿佛王淑琼在寒假里尽是玩，甚至于交了男朋友也未可知。他不理她了，连着两个点钟都没有叫她的名字。

到了下课，郑暮山来到教员休息室，喝了碗茶，躺在椅子上，他是想歇一歇再回家的。休息了十分钟，感觉过得非常快，仿佛刚躺在沙发上就摇铃了。别的教员，又全拿了点名簿、粉笔盒，全都上堂去了。

郑暮山因为他这堂没有课了，便拿了报在看。他对于新闻是向来不注意的，拿起报来先看文艺版。刚要看，只听屋门开了，似乎走进一个人来，他那躺椅因为是背着门的，所以他也看不见，他也没有看是谁。

只听进来的人仿佛自言自语地说："哟，郑先生没在这儿。"

郑暮山一听是叫自己的，便道："谁呀?"

那人便走过来道："郑先生原来在这里，我竟没有看见。"

郑暮山一看却是王淑琼。王淑琼手里拿着一个本子，很厚，递给郑暮山道："这是我寒假里写的东西，请郑先生多改一改。"

郑暮山很奇怪，便问道："方才你怎么不交给我呢？"

王淑琼道："我是怕同学抢着看，她们总是爱看别人的东西。"

郑暮山点了点头，说道："好吧。"

王淑琼道："您千万不要给别人看见。"

郑暮山点头道："去吧。"

王淑琼又看了他一眼，一笑走去。郑暮山便放下了报，打开她的本子，慢慢地看。见有散文，也有诗，还有一篇小说，他细细地看了看，见每篇里都好像有个对象，而这几个对象又只是一个人，这一个人颇像着自己。他想道：这个孩子当真要爱我吗？虽然小说是一种理想，可是她竟拿我做了对象，岂不是她有意吗？那么对于她究竟是怎么表示一下呢？可是又不能明着表示，因为她究竟是理想，他于是假装不知她的含意，只按表面上给她改了改。

可是他这一按表面上改不要紧，反而倒增加王淑琼的意念了，因为他是无心改的，而王淑琼却当了他的真意了。

他改了之后看看时候不早，便要回去。这时又已经摇下堂铃了，他走到院子里，正巧王淑琼由教室里出来，郑暮山想到她这本子已经改完了，便拿出来递给她看："你这本我都看完了，很好。"

王淑琼真没想到他改得这么快，可见他对于我一定很注意了，于是便笑着接了过来，对郑暮山笑道：“谢谢。”

别的同学看见，便有的咳嗽，有的起哄，大家争着来抢王淑琼的本子。王淑琼哪里肯给她们看，大家非要看不可，有的说：“看看女作家的大作是什么样。”有的喊：“请吃糖请吃糖。”

王淑琼脸全都红了，把那本都揉成一个团儿，掖在衣服里，到底没有叫她们抢去，可是她们从此便越发起哄得厉害了。

王淑琼拿着本子，跑到一边，偷偷地看着，她以为郑暮山给她改的地方，都是郑暮山暗示给她的话，不然为何郑暮山把别的本子捆起来，反而先改她的呢？这里不是一定有缘故吗？她那弱小的心田，便深深地种了爱芽了。她心里是高兴的，可是又觉得不宁，什么事都干得很高兴，可是什么又全干得不彻底，不大爱说话了，说出话来也不知说的是什么，人家说话都不大喜欢听，而听又听不见。说她脑筋里想着事，可是也没有想出什么事来，她只是一种迷茫、缥缈、恍惚、浮动，她沉不下心去，功课反而有些退步。一边听着讲，一边伏在桌上，拿着铅笔，在笔记本子上写，只写暮山两个字，暮山暮山，写得她都顺了手，不用脑子，拿起笔来，便是这两个字，写得她有时看着都不像字了。这一篇上，满满都是暮山两个字。先生讲课，她就听不下去，好像先生所讲的话，不是她心里所要听的。她只愿意听一些关于男女恋爱的话，看小说也是看言情小说。每天起来先看功课表，今天若是有郑暮山的课，她是多么快乐呀，打扮得也十分美丽，连鞋都要换一双好看的；如果没有郑暮山的课，就像失了魂似的，懒得上教室。

郑暮山上课的时候，她老是那么笑着看着他，听得那么津津有味。可是心里却一起一浮地幻想。先生偶然提出一个问题来问她，她竟答不出来了。因为她就没听见先生问的是什么。她的脸一红，同学便全笑了。本来她在这一班里功课算最好，先生也是时常夸她用功，这时她一答不出来，同学便全得意起来，以为这样可以堵住先生的口了。王淑琼经过这次窘，便越觉得上课无味。所以这时教育家们，应当注意到这一层，往往有的学生很用功，忽而又变成不用功的了。这完全是她换了心情的缘故。这时更要好好教导她，倘一不慎，一个聪明的孩子就会变成不用功的孩子了。

郑暮山晓得这个缘故，知道王淑琼已春情发动，他觉得自己实在是一种罪过。谁知她对自己这样多情呢？假如拒绝了她，打断她的痴念，那颗弱小的心灵，一定受到重创，她这一生都要断送也未可知。无论如何，先要对付她，使得她快乐，使得她注意到书本上去，渐渐把这个心情忘掉，也就好了。可是怎样对她说呢？假如在学校里，郑重其事地对她谆谆教导，那别人一定要疑惑对她有什么用意，便更要哄起来。假如把她叫到自己家里来说，恐怕更要增加她的情爱了。如果约她在外边说，更不像话，只好等机会吧。

这天，学生在课余想组织一个研究文艺的团体，并且还想出一个刊物，她们联合了许多同学，规定在今天下课之后开个会议，临时请郑暮山先生参加指导。开会讨论完毕，时间已经不早，郑暮山走到休息室，见一个人也没有了，学生也全跑到操场，跑到宿舍，或是走到街上，学校里是很静的。

郑暮山刚要拿着书出门，忽然王淑琼走了进来，她的脸似乎在红着。

郑暮山便站住了道："你还没回去吗？"

王淑琼道："没，我想……和郑先生谈谈话。"

郑暮山道："可以的。"遂坐在沙发上道："坐下谈。"

王淑琼便坐在一个椅子上，屋里比外边暗，又没有一个人走路，所以他们屋里很静。王淑琼一时也说不出什么来。

郑暮山道："今天的功课都完了吗？"

王淑琼道："都完了，只有几道几何题还没有算，打算回到家里再算去。"

郑暮山道："格言说：今日事今日毕，功课千万不要延误下去，不然越积压越多，就不好办了。你平常很用功很勤勉，为什么要懒惰下去给同学一种口实呢？"

王淑琼道："这我也不知道是怎么一种心情，近来不知为了什么，心里总是不安宁。"

郑暮山知道她要说出爱来了，本想用话岔开，但是又替她难过，他皱了一下眉头，也说不出什么来。

王淑琼迟迟地道："郑先生，我有一个问题，您可以答复吗？"

郑暮山道："什么问题呢？"他现在感到问题多了，怎么到处碰见问题呢？

王淑琼道："您若能答复我，我心里就安宁下去了。"

郑暮山道："你不用说了，我知道你的意思了。"他意思是止住她的话。

王淑琼道："我什么意思呢？"

郑暮山又难住了，他道："我不知道。"

王淑琼笑道："您方才说的知道，现在为什么又不知道了呢？"

郑暮山道："你说吧，我不知道，我方才想错了。"

王淑琼道："那么我问您，一位先生，是不是可以接受一个学生的爱？"

郑暮山一听又没了办法，想了半天，遂假意哈哈大笑道："你们这些女孩子，总是爱研究这些问题，放着功课不研究，真淘气，哈哈！"他以为一装糊涂就可以过去了。

谁知王淑琼更死凿儿，她道："您的意思是中学生不能谈爱吗？中学生就不应有感情吗？中学生就是木头人吗？我们就可控制心灵吗？真不知道您为什么也会说这样的话，您是主张性灵的，做文章都要有性灵，可是现在又这样说法，我明白您的意思，我错误，我不该这样想，我……"说着，她竟哭了起来。

郑暮山慌得手足失措，他站了起来，搓着手，看着没办法，他道："你哭什么？"他想抚她的肩膀，但是又觉得不合适，来回地围着王淑琼转，又怕这时有了别人进来，他真有点着急。这是怎么说的呢，他怕没有完，总是没有结局，自己也回不去，只好掏出自己的手绢来，俯下身体，擦她的眼泪道：“不要哭啦。”

王淑琼一经他给擦眼泪，果然就不哭了，把手绢接过来，自己擦着。郑暮山道：“不要哭了，你的意思我都明白。得啦，好好回家去吧，叫人家看见多不合适，反正你的意思我明白就是了。”

王淑琼笑了，她道：“你看我眼睛红了不？”

郑暮山道：“不红不红，你先走吧，我再等一会儿，叫人家看见不好。”

王淑琼道：“这手绢给我吧。”

郑暮山道：“好好好，快走吧。”王淑琼遂一笑别了。

郑暮山还不敢跟着出去，在屋里坐了会儿，才慢慢走出，还怕叫别人遇见。别人遇见，还偏要问：“郑先生今天怎么走得晚了？”

郑暮山道：“啊，啊，看了一本书。”仓皇走回家去。

赵妈说道：“刘小姐来过两次了。”

郑暮山进到屋里，看见桌上留着一个纸条儿，拿起来一看，上面写着：“真忙啊，来了两次，都没回来，是什么样的人会把您给吸住了？今天不再来了，明天见吧，别着急，我没生气。”

郑暮山笑了，在她名字上吻了一吻，又放在桌上。他想到今天回来得这样晚，是因为王淑琼的缘故，这样好像对不起刘省薇，可是自己对王淑琼的坦白，也正是对得起刘省薇的地方。

王淑琼呢，这时却是非常快活，拿着郑暮山的手绢儿，如获至宝的样子，好好保存起来。她没有一时一刻不在想着郑暮山，她自己都觉得奇怪了，她竟能和郑暮山讲了爱情，她竟这样的快乐。她渐渐由敬爱而变为亲爱，由亲爱而变为昵爱了。

她竟对于郑暮山不像以前那样尊敬起来。上课的时候，也会和郑暮山故意顶个嘴，比方郑暮山叫她讲书，她竟回答说："我不讲，我偏不讲。"她以为这样正表示了爱。

可是郑暮山窘起来了，他有时真怕遇见王淑琼。同学对于他们这种样子，也公开地谈起来。郑暮山见到这种情势，再没有装马虎的必要了，他想非要对王淑琼教导一番不可。即或真讲爱情，也不是这样讲法，这不是等于儿戏一样吗？爱情是永久的，不是权充一时的摆饰，也不是为增加荣耀的，何必当着大家表现出来呢？而大家也当作一件新闻谈呢？

这天他上课，学生一齐叫他谈一谈关于爱情的话，于是他便借了机会，向大家讲起来。他道："爱情这个东西，是一种无形的，不能捉摸的，它发泄出来，完全是自然的，如果把它看成个东西，说我现在到了年龄，应当讲个爱情什么的了，这便是一种错误。爱本是人的七情之一，那种七情，是人人都有的，可是不一定完全能发泄出来。也许这个人一辈子过着平平淡淡的生活，到死也不懂得什么叫惧，也许那个人过着一辈子顺顺利利的生活，到死也不懂得什么叫怒。他没有惧的事情，自然也没有惧的心情发出来；他没有怒的事情，自然也就没有怒的心情发出来；也许他一生也没有笑过一次，也许一生没有欢喜的时候。爱情也是这样，他没有遇见可爱的对象，他也许不知怎样才叫爱。有了爱的对象，止也止不住的，这完全出于自然，不是勉强挤出来的。看见别人有了对象，自己也着了急，说我也得谈谈爱情了，这是不对的。有的任意找几个对象，就讲起恋爱来，不管对方是不是可爱，或者是不是懂得爱，只是胡乱玩玩，这尤其是可笑的。甚而至于竟以爱人多少来标榜来夸耀，简直是儿戏，糟蹋了自己的人格。爱情专一，并不是条件，它是自然而然的，有了真正的爱情，它自然就会专一的。不能专一地爱，就不叫作真正的爱情。”

他讲到这里，有个学生问道：“听说郑先生喜欢女人的，是不是能够爱情专一呢？”

郑暮山笑道：“你还不大明白我的话，爱与爱不同，喜欢的爱和恋爱的爱绝不同。喜欢的爱是一种同情，广义的爱或是爱美，或是同情弱者，或是友谊情感，这都不是恋爱的爱。你们如果把这个混乱了，那往往要演出笑话，以至惨剧的。”

有个学生问道：“郑先生，承认不承认有爱人呢？”

郑暮山道：“别瞎说了，我们讲功课吧。希望你们不要好奇，不要把它当作一种神秘的东西来研究来尝试，将来你们或者都要尝到这种滋味也未可知。”

又有个学生问道：“爱情的滋味，究竟是甜的呢，还是苦的呢?”

郑暮山道:“当然是甜的。”

学生道:“为什么一般人总说苦比甜多呢?”

郑暮山道:“那是相信还不甚坚,因为相信不坚,所以才有痛苦,可是相信过坚的时候,如果爱情有了变化,其痛苦尤甚厉害,所以有许多小姐总是怀疑着,不敢坚信,唯恐陷于苦恼之中,于是痛苦也就随着快乐并行了。”

学生道:“那么双方坚信不疑,就永无苦恼了吗?”

郑暮山道:“如果世界上只有这两个人,我相信这两个人永不会受爱情的苦恼了,不过社会是复杂的,两个人之外,还有第三个人,假如第三个人要参加他们两个人之间,其苦恼也就多了,即或不参加其间,只要他们以外,还有人类,那他们就不免有苦恼,因为人与人之间,都有一层隔膜,这层隔膜,永远不会去的。不过这层隔膜有厚薄不同,知己的人,隔膜薄些,普通朋友便厚几层。而路人间,那就不用说了。有了这种隔膜,就不免有误会发生。古往今来,那些悲惨的故事,都是因为有这隔膜的缘故。”

学生道:“那么既知道有这隔膜,为什么不除掉呢?人们的知识丰富了,当然便好除掉它了。”

郑暮山道:“不然,越有知识的人,脑筋复杂的人,隔膜是越不容易除掉,这种隔膜,不是想象就可以除掉的。只有反乎天真的时候,才能把这隔膜拉开,不过只是短短一瞬,在这一刹间便发出一种会心的微笑,但只一会儿,那隔膜便又拉上去了。完全没有知识的也好，大智者也好，只有一般知识有了，而未健全的青年们，是最容易有这隔膜，可是太上忘情，太下无情，情之所钟，却正在一般青年人的身上，所以苦恼也就是青年人最多。”

学生们听了，知道恋爱和演戏不一样，于是都有所觉悟了。王淑琼听到呢，心情越发复杂，于是她写了一个纸条儿团在手心里。到了下课，郑暮山往外走，快到教员休息室的时候，忽然王淑琼从后边跑来，拿着一本书，仿佛有一点不明白的地方，追着郑暮山有意问。

郑暮山站住了，她道：“郑先生我这点不大明白。”说着打开了书。

郑暮山一看，书里夹着一个纸团儿，他心里明白，看了她一眼，她道：“拿起来。”

郑暮山恐怕僵住，遂装着指点的样子，说了一会儿，其实是把纸团儿拿到手里。他想到王淑琼老是这样做，终究是有破露的一天，他有点发愁，不愿她这样做，可是又没有机会同她说。

他拿着纸团儿，进了教员休息室，把粉笔盒和点名册放在桌上，因为屋里有许多人，他不便打开纸团儿看，仍旧握在手心儿里，来到洗脸盆的旁边，便来洗手，把那纸团儿放在桌上。洗完了手，正拿手巾拭着，上课铃又响了，教员们又全走出屋子，于是又剩了他一个人。校役走进来，收拾屋子，他便一个人坐在沙发上看报，看了会儿报，忽然想起王淑琼给的纸团儿还放在桌上，便走过来拿。但是走过来一看，那纸团儿踪迹不见，他这着急，不用提了。他也不知道王淑琼写的是什么，假如有要紧的事，或是有什么事，而叫自己耽误了，她是多么伤心呢！不必说是爱人，即或是朋友，如果留了纸条，而误了约会，也是对不住人家的呀。

郑暮山又是非常脸热心软的人，他总愿意人家负他，他不愿意负人家。再者说，这个纸团儿如果叫别人拾了去，不就要引起大风波来吗？不管自己对王淑琼怎么坦白，可是别人谁能原谅呢？那是有口难辩的。这样一来，倒不如公开地和她恋爱，也比这样偷偷摸摸强得多。他越想越着急，越着急越找不着。他又不好向人家问，一问倒能出了毛病，他出了汗了，心里埋怨着自己粗心，他想也许是掉在地上了，遂俯下身体，桌子底下都找了，也没有个纸毛儿。他想也许是随手放在别处了，可是别处也没有，并且明明记得是放在桌上的。他想叫王淑琼再写一个，也没有机会去说，他懊丧极了，脑筋晕乱起来。

要知后事如何，请看下章。

第三回　探　　春

他找了半天没有找到，便又坐在沙发上，先静静脑筋，然后慢慢想起来，他又怕是同事跟他开玩笑，把那纸团拿了去，或是藏在哪儿。但是那纸团儿是个极不显眼的东西，不会引别人注目的。也许是别的学生看见了，跟在后面，可是自己进来的时候，并没有一个学生跟着呀。

他一步一步地想，自己又站起来，把方才的经过，自己演习一遍，怎么进的门，怎么放下粉笔盒，怎么洗手，都假做了一番，明明还是记得放在桌上，怎么会没有了呢？

这时，校役走了进来，见郑暮山来回地走，指手画脚，装模作样，十分奇怪，也不敢言语。

郑暮山猛地抬头一看，看校役在一边站着，先吓了一跳，他自言自语地道："丢在哪儿了呢？怎么找不着了呢？"

校役便问道："郑先生，你丢了什么？"

郑暮山道："一个小纸团儿。"

校役道："不大的一个小纸团吗？"

郑暮山惊讶道：“是呀，你拿去了吗?”他真怕他看见。

校役道：“是不是椅角那个纸团?”

郑暮山一看，仿佛这个大一些，连忙从地上拾起来，打开还没有看，便闹了一手的黏鼻涕，他连忙又扔下了，跑过来洗手。他道：“我洗手的工夫，放在这个桌上了。”

校役道：“噢，仿佛我见过一眼，大概在纸篓里呢。刚才我收拾桌子，扔在里面的。”

郑暮山一听，连忙蹲在纸篓旁边，把纸篓都倾在地上，然后一个一个地在里面捡。最后到底把那纸团儿找着了，心里这才放下，遂叫校役把倾出来的纸屑装到纸篓里边去。他坐在一边，慢慢打开纸条儿，仔细地看着。只见上面写道：“星期日下午二时，请在东方咖啡馆等我，我们到郊外去玩，好不?”

郑暮山看了，便团成一团儿，刚要扔掉，忽然又怕记忆错了，于是又打开看，确是星期日，确是下午二时，确是东方咖啡馆，念了两遍，记到心里，然后撕得粉碎，又扔到纸篓里，回到家去。

他心里想着：去不去呢?去一趟也好，可以劝一劝她，勉励她用功，别辜负她的天才。如果不去，她一定非常苦恼，这回去了，只是叫她别老这么约会才好。这是他心里的话，没有对刘省薇说。

到了星期日，他潜潜走出去，给赵妈留下话，说：“如果刘小姐来，就说我拜访一个朋友去了。”

他来到咖啡馆内，他心里有些忐忑不安，他还没有跟人家在咖啡馆定过约会。一个人来了，怪照影子的，这要是遇见熟人，真有点不好意思的。他红着脸，一直进到一个单间儿里，以为这样便没有人看见了。可是他心里又嘀咕，这要是由单间儿出来，叫人看见，更不好意思。他想：一个约会，有什么可羞见人的？真怪，社会上的舆论，永远是支配着人生的。

伙计是特别的和气，老是那么笑容满面，郑暮山想告诉他：如果有人找姓郑的，让到这里来。可是他看伙计那笑着的样子，好像一种坏样子，他不好意思说了。

等了一会儿，王淑琼还没有来，看了看表，已经到了两点，也很奇怪，王淑琼为什么不来呢？是我记错了吗？不会，我记得很清楚的，她竟这样不顾信用吗？她要跟我表示她的交际花的架子吗？她不是那样人。

等了一会儿还不来，他便不再等了。他想：以后如果再约我的时候，我非要给她钉子碰不可，我也是她的先生呢，她随便敢这样不尊敬我吗？

他走了出来，告诉伙计说："如果有找姓郑的，就说来了又走了。"伙计答应是。郑暮山心里略微痛快，仿佛报复了似的。

可是他刚要走，忽然隔壁单间里走出一位姑娘，叫道："喂。"

郑暮山回头一看，却是王淑琼，原来王淑琼早来了，郑暮山并不知道，他也没有问伙计，所以两个人坐在两个单间里，谁也看不见谁。倘若不是郑先生跟伙计说话，叫王淑琼听见，两个人便不会见面了。

两个人见了面，不禁欢喜了，郑暮山怕被别人看见，说道：“我们走吧。”

于是付了钱，两个人出来，一直到西直门，出了城，信步走着，由高梁桥沿着长河一直往西走。长河的水涨了好多，两岸的杨柳虽然还没有发芽，可是已经舒展了冻枝，松活了长干，活泼泼带有春意了。晴空蓝得和洗的一样，大地幽静空畅，令人心旷神怡。只隔着一道城墙，便这样不同的情景。

王淑琼心里快活极了，而又有些羞赧，她不知说什么好了。郑暮山径自领略大自然的美好，忘了应该说什么了。他道：“你看，那西山是多么好看哪，真有含翠欲滴的样子，我们静悄悄地沿着河堤走，是多么、多么、多么那什么呀。”

王淑琼也不知“那什么”三个字是代表着哪几个字，不过她猜到是快乐、甜蜜等字眼儿的。她道：“我真快乐极了。”

郑暮山道：“这真是王道乐土呀，可是一想起早晨赵妈说洋面没地方买去，高兴又打消了多一半儿去。”

王淑琼笑道：“我们不会暂时不想那个吗？我最爱山了，而且更爱晚暮的山。”

郑暮山一听，这姑娘真是会说情话，他道：“晚暮的山，有什么可爱的呢？”

王淑琼道：“晚山是伟大的、壮丽的、而聪明的、多情的……”

郑暮山道：“你先别说，我问你，山有什么聪明，有什么多情呀？”

王淑琼笑道：“怎么没有呢？”

郑暮山道：“我不大明白。”

王淑琼道：“如果你不明白，你就是不聪明了。”

郑暮山道：“我没有说我，我是说山呢。”

王淑琼道：“我也是说山哪。”

郑暮山道：“怎么有情呢？我就看不出来，你说说我听听。”

王淑琼道：“你不用跟我打岔，反正我爱他。”

郑暮山道：“那么山也会爱你吗？”

王淑琼道：“你说。”

郑暮山道：“我怎么能会知道呢？”

王淑琼道：“可是我知道他爱我。”

郑暮山道：“怎么知道？”

王淑琼道：“假如我躺在他的怀里，他一定要抱起我来。”

他们打着哑谜，非常快乐，王淑琼几乎要投到他的怀里去，可是田地里有人正走着，不敢挨近他，而心灵已经怦怦然地跳了。

他们不知不觉地走到五塔寺，那里特别幽静，在自然现象里，有一种古色古香的庄严美。王淑琼站在塔前，抚摸那些石刻。郑暮山站在旁边，述说这座庙的历史。

王淑琼竟依在他的怀里道：“告诉我，山爱我吗？”

郑暮山被她这美丽的面庞诱惑着，有些陶醉，他说不出来什么，王淑琼面向着郑暮山，她的手抚摸着郑暮山大衣的领子。

郑暮山见她这样温柔，再也忍不住爱的流露，他低声道：“山，爱你。”

王淑琼一听，立刻紧紧抱着他，仰着面。郑暮山不自主地低下头，和她接了一个吻，那是多么甜蜜的呢！

吻完了，郑暮山觉得一阵惭愧，想到将来的结局不会好，可是现在为什么爱了她了呢？这真是一个不可测的谜。他道：“我们再往西走，你累吗？”

王淑琼道：“不累，一点也不觉得累。”于是他们又往西走。

郑暮山便问她道：“这本是一件苦恼的事，虽然我们能够互相信任便可以快乐，可是我们现在连自信的把握还没有，不用说别的了，你看看我们的前途，有一点可以希望我们共同走的路吗？”

王淑琼道：“我们只要奋斗，什么也不怕。”

郑暮山苦笑了笑道：“女孩子，张口就是奋斗，可是你自信有这奋斗的能力吗？痛苦是在后头呢，我们这时候不要太兴奋吧，像我们这样的青年，正应当努力于自己的前途事业上，这时有了基础，将来向任何方面发展都是容易的，一生之计在于青春，我们不可不有个计划，不要糊里糊涂地来过。女人往往眼光不远，便是因为她们都有依赖性，以为一嫁了丈夫就不用自己愁吃愁喝了，所以她们并不为自己的将来打算，而只是打算着别人的将来。看这个男人将来有希望，于是便嫁给他、爱他，这都是错误的。自己也应当有点打算才成，自己也应当在社会上占一位置，往伟大里说，应当替全世界的女性谋解放，这才是女性的本分。爱固然不能由自己，但是应有理智来压制它，不应弛纵它。所以我希望你由今天起，要好好用功，不要光为了爱把什么都忘了，你要用功，我便更爱你。你若是听我的话，就是爱我，你明白吗？”

王淑琼点头道：“明白，可是我不知为了什么，心头上总是想着你，这是怎么一回事呢？”

郑暮山道：“你若想了我，你就快乐是不是呢？”

王淑琼道：“可不是。”

郑暮山道：“那么你可以利用这爱情来建树你的智慧了。比方你想到我你就快乐，那么你还可以想到我对你说的话，你心里这样一想：‘他还叫我用功呢，我得赶紧用功，才不辜负他的话。’那么你就用起功来，心身也都得了安慰。记住，今天我跟你说的话，你永远不要忘记，我的话，就是你的精神寄托，想着它，照着它去做，便是你的快乐。”

王淑琼道：“我一定听从你的话，我永远不会忘。”

郑暮山道：“这样才是我的真正爱人。”说着，两个人刚要接吻，忽然从后边骑来一辆自行车，那人在后面咳嗽了一声，郑暮山也咳嗽了一声，仰着头向天望道：“你看，那只鸟儿飞得多么高呀。”

自行车由旁边飞驰过去，他两人相视而笑了。

到了石桥，那桥已不是石头的，而改为木头的了。红的栏杆，映在碧绿的水里，浮着白的鸭子，镀着金黄的阳光，那是多么美丽呢！桥的那端，有个野茶馆儿，三间土房，房檐下，又张出一个棚子来，棚子底下用砖砌了石桌和石凳。棚的外面挂着茶酒的幌子，随风飘荡着。

郑暮山道："我们在这里歇一歇好吗？"

王淑琼点着头，他们便上了那个野茶馆的土台，掌柜的出来，问在外边喝在里边喝。

郑暮山道："外边也好吧。"

于是两个人便坐在石凳上，掌柜的沏了茶来，他们也有点渴，所以喝着还真香。

郑暮山道："你看我们这种玩法，比上电影院怎么样？"

王淑琼道："比那个好，可是这是我想出来的主意呀！"

郑暮山道："以后若是玩，我们就出城来玩，又清静又得谈话，空气又好。"

掌柜的走出来道："天儿倒是暖和多了，您说我们这个地方，也时常有什么先生小姐的上这儿来，哼！"

郑暮山道："你们这买卖一定不错？"

掌柜的道："凑合着吧，好在水是方便的，我们自己有井，茶叶现在贵多了，还没有好的呢，您别看卖苦力气的，坐在这儿还喝喝好茶叶。"

郑暮山道："我要有这么一个茶馆儿开着，真不想再住城里了。"

掌柜的笑道："您说笑话了，我们是没法子的。"

郑暮山道："可是你们生活倒是清闲得多！"

王淑琼道："他们大概不懂得什么叫痛苦，什么叫失恋。"

掌柜的道："湿面我们倒不知道，这年头儿干面买不着，您说咱们哪儿遇到过这种年月？买面都得排着队。"他们一听全笑了起来。

又谈了一会儿，郑暮山道："我们回去吧。"遂付了茶钱。他们走过了桥，来到南岸，郑暮山道："我们从农事试验场的前边走，那里有洋车，可以坐车回去。"说着，两个人便依着往南走。到了试验场的前门，雇了洋车，进到城里来。然后又坐电车到西单。郑暮山再三嘱咐她要用功，不必贪玩，一个月玩两次也就可以了，不要再写什么纸条等等的，叫人看了很不好。

王淑琼一一答应，到了车站，王淑琼下车回家去了。

郑暮山又到商场书摊去绕，他没事的时候，喜欢转书摊的。有时候也能买到书店里买不到的书，虽然是旧的，可是价值便宜而且别处买不着。近来的书，好的没有什么了，尽是些新出版的书，这些书都是些投机的，比方什么处世奇术、成功捷径、成功之路等等，内容都是一样，名字却换了不少，里面真是告诉人怎么处世、怎样应付别人、怎样使些手段……这种书销得还很广，一般青年人买得很多。郑暮山感到现在的年月真是越来越糟了，人心是越来越浅薄了，一般青年都不努力求真的学问，努力于自己的事业，求真正的本领。而只是做一种捷径打算，打算毫不费力只要弄弄手段便可以在社会上活动，便可以成功，这完全是自欺欺人。可是话又说回来了，现在的社会，的确需要这种本事的，一般成功者，哪一个不是仗着自己的吹捧拍溜的手腕来处世呢？哪一个又有什么真本领呢？社会是这种社会，自然也无怪于购书者了。

郑暮山看了半天，忽然见一个书摊上摆着几本旧书，有一本却是自己著的小说，这种事是常见，他也不注意，不过封皮上签着一个读者的名字，是“慕暮山”三个字。看那个字体很像女人的笔迹，他便随意地翻了一下，却见翻篇第一页的空白地方，写着几行小字，非常秀丽，不由便拿了起来，看那几行小字写的却是：“读了这本书，却伤透了我的心，何时能够见着这个作者，非要叫他赔偿我的眼泪不可。”

郑暮山看了，不觉一笑，他忽然又想到她既然爱读我的书，为什么又把这本书卖了呢？于是问卖书的道：“这书是从哪儿买来的？”

卖书的道：“来源我可说不清了。”

郑暮山道：“这本多少钱呢？”

卖书的道：“您给六毛钱拿去吧。”

郑暮山也不还价，付了钱，把书拿去家里，坐在沙发上，看着那本书儿。

里面也有批写着的地方，由她所批的看来，这位“慕暮山”小姐是一位多情的姑娘了，只可惜没有见过她。她的辞藻和字可以称是写作俱佳，并且知道她是一位大胆而痛快直爽的小姐了。

这时赵妈正做得了晚饭，他也饿了，吃了觉得很香，尤其是那香肠买得太是时候了。赵妈告诉他，那香肠是刘小姐买来的。郑暮山一听，倒怨不得了，赵妈是没有这么聪明的。可是他对于刘省薇又不禁惭愧起来。

吃完了饭，觉得有点累，在沙发上一倚，挺舒服，他想起刘省薇来，便叫赵妈道："你告诉刘小姐一声，说郑先生回来了，并且这时候也没有事。"赵妈答应出去了。

过了一会儿，刘省薇走进来，笑道："你就说你叫我来就得了，干吗说那些话？"

郑暮山笑道："谢谢你的香肠，买得太好了。"

刘省薇道："我知道你跑了一天，一定很饿了。"

郑暮山一听，心里有愧，所以疑惑人家说话都有因，因而脸微一红便道："你没出门吗？"

刘省薇道："没出门香肠哪儿来的？"

郑暮山道："噢噢，我真糊涂了。"

刘省薇道："今天天气多么好，我真想和你一块儿到郊外玩玩去呢。"

郑暮山一听，以为她是在讽刺自己，遂更觉不安的样子，说道："那……那……你怎么不同我玩去呢？"

刘省薇道："不是你跟我说找朋友去吗？所以我没有说。"

郑暮山才知道不是讽刺话，这才放了心，于是又谈了些话。

刘省薇道："这本是什么呀?"说着拿了过来道："你的小说还没看够吗?"

郑暮山道："这是方才在书摊儿上买的，因为看见里头有批，我希望知道人家对于我的批评。"

刘省薇一看，不由一笑道："呵，又是一位对你多情的。"

郑暮山道："什么又是一位?又字怎么讲?叫你一说，好像多情的真不少似的。"

刘省薇道："干吗'似的'，简直就不少。"

郑暮山抱着她道："你瞧你说话老带刺儿。"

刘省薇笑道："你看，人家写得真缠绵悱恻，要是我，我也动心，非得找她谈一谈去不可。"

郑暮山道："这个人未必在人世呢。"

刘省薇道："你怎么知道?"

郑暮山道："你看她这词句就不像长寿的样子，再者说她的书能够跑到书摊上来，一定不是她自己卖的，大概是她死后，家里人把她的书都不要了，也未可知。"

刘省薇道："你说得这么丧气，万一是人家搬家遗失，或是叫亲友拿去遗失，也全是合理的呀。"

郑暮山道："就是没法见着她，这要见着和她谈一谈……"

刘省薇道："和她谈谈恋爱，一定有意思呀。"

郑暮山道："你又忌妒起来。"

刘省薇道："我不忌妒，我要忌妒我真忌妒不过来呢，我这样想着怪有意思的。可是天下事凑巧的也很多，说不定就有机会见着她，何况她对于你很注意的，你又是有名有姓，找你不是很容易吗？”

郑暮山道：“她要找我，一定早就找我了，现在她并没找我，可知一定不愿见我，你看写这几句话的日期，不是在两年前吗？两年的工夫，还见不着我吗？”

刘省薇道：“你不知道女孩子的心理，她虽然愿意见你，可是她说不出来，非得你去找她，而且还得找好几次。”

郑暮山道：“那图什么呢？”

刘省薇道：“女孩子就是这种心理，你看她不是要你赔偿她的眼泪呢吗？你赔偿她的眼泪，她赔偿你的相思债，岂不挺好？”说完笑起来。

郑暮山道：“你总是拿我当着傻子来打趣儿，可也别说，我一见了你，我的智慧不知变到哪儿去了，整个儿变成一个傻子。”

刘省薇道：“你别瞎说了，你要是傻子，天下人都是傻子了。”

他们谈了一会儿，刘省薇又告诉说：“学校在下星期日举行学校成立纪念日，白天展览成绩，还开放小姐们的宿舍，晚间还有游艺会，你去不去？我这儿有票。”

郑暮山道：“游艺会有什么意思呢？”

刘省薇道：“有话剧音乐等等，音乐倒不错，还可以听一下。”

郑暮山道：“我看工夫吧。”

刘省薇道："我知道你不喜欢这些玩意儿的，你总是喜欢静。学校里，我也不喜欢你去，不过票我却给你留着，别人谁跟我要，我都没给。一来我好像这票应当先给你，一得着票的时候，便想到你了，你说怪不？二来我又怕票不给你，你也许挑眼，所以我不得不跟你说一声。"说着把票拿出来，递给郑暮山道："你爱去不去，反正我把票给你了。"

郑暮山接过票来道："你去吗？"

刘省薇道："我怎么会不去呢？大会里还有我的职务。"

郑暮山道："那么我也去吧，散会我们一同回来你看好不？"

刘省薇喜道："好吧，我们一同去一同回来。"

定规好了，又谈了些话，刘省薇回去了。

郑暮山又拿起那本书来，看得疲倦了，然后躺到床上睡去。

过了两天，对那书的主人，仍是未能忘怀，究竟不知是什么样的一个女子，他又想不出法儿来找到那个女子。

这天是星期日，刘省薇的学校开会，郑暮山和刘省薇提前吃了晚饭，他是把白日参观的事一块举行，去到那里先参观，然后则到大会场看游艺会。

他们临走的时候，刘省薇告诉郑暮山说："到了学校我们就分开，你可不准再找我，你自己在会场里找个座位坐好，我到时自然看得见。散场的时候，你留在后边儿出来，我们就可遇到一起了。"

郑暮山道："要是我遇到你跟你说话不说呢?"

刘省薇道："等我跟你说你再跟我说，如果我不理你，你也别理我。"

郑暮山道："这是为什么呢?"

刘省薇道："她们总是哄人，讨厌叫她们知道。"

郑暮山答应着，他也以为这样倒也自由。

他们到了学校，便分开了。郑暮山便到各展览室看成绩，这时他就觉得有几个女生老跟着他，他以为全是看成绩，并没有注意。自己看什么，当然也许人家也看什么。可是看着看着他就觉得有点奇异，因为她们像在旁边嘀嘀咕咕，怕叫自己听见，可又故意叫自己听见，并且他看她们时，她们却故意不看他。郑暮山有点不得劲儿，心想：我是来看展览，别反而我倒成了展览品给别人看。他越发窘，她们却越在笑。他赶紧离开展览室，他想跑到大会场里去，钻到人群里，找个角落一坐，也就好了。后面更是指指点点，笑个不住。他慌了神，竟找不着大礼堂在什么地方。

本来几个展览室一转，大家一追，他就转迷糊了，学校又大，人又多，他不知游艺会场在哪里，他往墙上找标识，他想墙上一定贴着标示呢。可是他并没有看见，他又不愿意转着磨儿那样找，那样是容易给她们做笑料的。他假装毫不在意的样子东张张西望望，仿佛在看学校的建筑。而一群女生便把他包围着了，都想看看他对于女性心理研究很到家的人，究竟对于女性是一种什么态度。可是郑暮山窘了，他颇有点目迷五色、眼花缭乱的样子。

正这时，唐幼臣来了。郑暮山本来有点僵，不知怎么好，现在有了唐幼臣，多少总是见过几次面的，那么打打招呼，谈谈话也可以解围了。

谁知唐幼臣先前就跟她们传说郑暮山是她的情人，别人对她说："郑暮山既是你的情人，你趁着游艺会把他约来，咱们看看是什么样儿好不好?"

唐幼臣知道她约不出来，她说："他不成，他不喜欢到这儿来，我曾经约过他很多次，他总是不肯来。像这游艺会人是多的，他更不能够来了。"

别人对于她的话，总是将信将疑。今天忽然郑暮山来了，有人认识他，立刻一个传两个、两个传十个，有的就找到唐幼臣去了，说道："郑暮山来了，是不是你约来的?"

唐幼臣一听，立刻说道："可不是我约的嘛！他来了吗?我还不知道呢。"说着，便同同学走来，她还以为郑暮山也许就是找她来了。

郑暮山一看，唐幼臣今天更漂亮，穿着一身西洋装束，胸前挂着一个"招待主任"的条儿，向着他跑了过来。

郑暮山忙向她一揭帽子，唐幼臣道："你什么时候来的?怎么不先给我打个电话?"

郑暮山道："我刚来，您很忙?"

唐幼臣来到切近，低声说道："跟我说你，不要说您。"

郑暮山也不知她是什么意思，刚要问她会场在哪里，她却先说了一大套：“怎么，你不忙吗？你的事完了吗？我算你来不了这么早，要不然我就等着你了。我今天真忙死了，你渴不渴？到我们宿舍去看吗？”

郑暮山也不知答她哪句好了，他刚要问会场在哪儿，唐幼臣又向一个灰色西服青年扬手道：“喂，密斯特高，什么时候来的？”又向一个藏青色西服的青年叫道：“喂，小陆，密斯王在会场等着你呢，快去吧。”又向一个没有戴帽子而梳着很亮的头发青年说：“你怎么一个人哪，密斯特李？密斯张没来吗？”

人家方要答，她又招呼一个青年道：“哪天请我吃糖呀？《情天歌侣》看了没有？狄安娜杜萍的初恋不错呀。”

郑暮山一看，大家都向着自己看来，以为自己一定是唐幼臣的情人，他急忙想着离开她，可是她却拉着他不放，手里拉着郑暮山，而却向别人招呼，表示她认识的人真多。郑暮山真窘了，他竟成了小孩子似的。他道：“我到会场去。”

唐幼臣道：“我同你去。”

郑暮山一想她同去，倒是省得自己找标示了。他道：“你是招待，应当招待我才对，哈哈。”他还说了一句趣话。

唐幼臣便揽着他的臂，并肩走起来。别的同学便跟着起哄：“请吃糖请吃糖！”郑暮山一看，更窘得厉害。

这时刘省薇由迎面走来，一看他们这种样子，不由很奇怪。

郑暮山被唐幼臣拉着，可是唐幼臣却低声说：“别忙，我给你找一个好座位。”郑暮山只得跟着唐幼臣走。

刘省薇看他们那亲密的样子，又生气又好笑，她站在一旁看着他们。他们正走得高兴，郑暮山看见刘省薇了，立刻出了汗，浑身都不合适。他想向刘省薇招呼，以便离开唐幼臣，但是又想起刘省薇刚才对他说不要理她，所以他老是看刘省薇而不敢招呼。他希望刘省薇招呼他，可是刘省薇见郑暮山看着她不理她，而和唐幼臣照旧亲密地走，她更生气了，一转脸，径自走去。郑暮山一看，大着其慌，觉得头上轰的一下，立刻晕倒在地，连着唐幼臣也坠了一个跟头。大家一看，连忙转了上来。唐幼臣因为自己穿的是新衣服，现在弄了些土，立时把嘴一噘，径自走去。

郑暮山也不知什么时候到了家，醒来一看，却见刘省薇在旁边站着。他纳闷了，忙问：“怎么一回事？我在做梦吗？”

刘省薇道：“你还要做梦吗？你倒了，人家连管都不管你，我把我的职务扔下，保护你回到家来。”

郑暮山道：“我说不去你偏叫去，去了几乎出了人命。假如你这时再不理我，我就自杀去了。”

刘省薇道：“与其你自杀，你何必跟那唐幼臣那样亲密呢？”

郑暮山道：“谁和她亲密了？她一死儿拉住我不放。”

刘省薇道：“但是你为什么不理我呢？”

郑暮山道：“不是你先叫我别理你的吗？”

刘省薇也笑了，她道：“你这时好了吧？”

郑暮山道：“完全好了，我一见了你，我的魂灵就回来了。”

刘省薇道：“我那时看了你这样子，又是好气，又是好笑，又是可怜。”

郑暮山道：“我只需要你的可怜。”

刘省薇道：“想不到你竟是这样一个书呆子，我告诉你，以后再遇到这种情形，你马上要自行起来，用你的理智控制你的感情，女人固然可爱，但是她们都是表面的，心里不见得都是可爱的。”

郑暮山道：“也并不是我光爱女人的表面，我总觉得女人比男人要纯洁得多，我对于每一个女人都仿佛有一种感应，我以为女人都是可怜的。”

刘省薇道：“是的，女人都是可怜的，可是她们因为可怜，所以不会怜人，她们只知道自怜，只知受人怜而已。”

郑暮山道：“可是你会怜我。”

刘省薇道：“哼！”

郑暮山便起来，猛地把刘省薇一抱，同倒在床上，他便吻起来。

刘省薇道：“真讨厌，刚说着你老实，现在又这样不老实了。”

郑暮山道：“这是我爱你的表现。”

刘省薇道：“你这人，老实起来跟依人的小猫一个样；不老实起来，却和老虎一个样。叫我起来，这要叫人看见，多不合适。”

郑暮山道：“我们就像两个小孩打闹在一处一个样。”说着，刘省薇把他拉起来，走到外屋坐了。他们又谈了一会儿，刘省薇别了回到自己家里去。

郑暮山这时反而睡不着了，走到桌前，看见那本慕暮山的书，不禁又起了一种感想，便拿起笔来，写了一篇文章，投到报上副刊上发表。

他是随便一写，原也没有注意发表后有什么影响。不料发表之后，他忽然接到一封信，打开一看，只见上面写着：

暮山先生：

请您恕我冒昧，虽然您觉得这封信怪生分的，可是我却好像给您写过多少次信，并且好像我时常听您的谈话一个样。但是我并没有见过您，您的大作，我看过很多，有的时候也爱涂些笔墨，在您的大作上胡乱写了好多，那原是不足一顾的。可是竟会蒙您的青睐，而且引起您许多感想，这是我万没有想到的荣幸。天下事真是凑巧，关于您的大作，我向来保存得很好，那本书被我一个朋友借去看，他竟不留神，丢在车上了。我还非常埋怨他，知道这本书，无法再找回来。谁知竟被先生在书摊上看见买了去，这真是再巧没有了，也许是我的一片至诚，感动至此吧。读了您的感想，我也感触起来，我现在告诉您，我仍在人世，并且还很健康，我已经在人世活了二十一年，以后仍能活得多久，却不得而知。我是一个活泼淘气的孩子，每天只知道玩，因为过于敏感，所以有时不免悲哀，书上所写的都是刚看完了，一时感触，随手写在上面，可笑得很。既蒙您不弃，有工夫我或者还要拜望您去，当面领教。可是您要注意，我并不是找您赔眼泪去呀，一笑。再者您文章里说不知姓名的姑娘，您怎么不知道呢？书上不是有我的姓名吗？我的姓就是“慕”，我的名字也叫暮山，原是纪念我所景仰的大作家呀。唐突之处，请您多多原谅。

郑暮山看了之后，才知道她原是姓慕的，自己竟拿它当作别署，真是好笑，但也有点不好意思的呀。他便按着地址，写了一封回信，说些钦敬的话，然后对于认错姓名的事道歉，并且希望她来谈。

信发了两天，果然这位慕暮山小姐来了，他一看这位小姐，圆脸蛋儿，白肉皮儿，两只眼睛活泼动人。

郑暮山道：“真是巧得很。”

慕小姐道：“并不巧在我那朋友丢那书，因为丢书是常事，而巧在郑先生买那本书。”

郑暮山道：“也不是巧在我买那本书，因为我几乎每天要逛书摊的，那本书已经题了字，不会被人买去。巧的是您叫暮山，我也叫暮山啊。”说着两个人全笑了。

郑暮山道："这本书仍物还原主，回头您再拿走吧。"

慕小姐道："郑先生是多少钱买的？"

郑暮山道："多少钱买的我也不能同您要，我应当还得给您钱，因为我得了不少批评，增了不少见识呀。"

慕小姐道："这样一说，郑先生是在损我了。我那瞎写，真是不通。"

郑暮山道："里面有几个地方很有独到之处，心折极了。"

慕小姐道："郑先生学校很忙吗？"

郑暮山道："没有什么，那是一种机械生活。"

慕小姐道："听说郑先生有位好弟子，王淑琼小姐。"

郑暮山讶道："您怎么知道？"

慕小姐道："因为贵校学生里，有我很多认识的，她们都说郑先生对王淑琼很好。"

郑暮山一听，知道她是一位交际很广的姑娘，说话倒要仔细了，因为交际广的小姐，心眼儿是多的。他道："王淑琼倒是个很用功的学生，慕小姐现在哪个学校？"

慕小姐道："我现在没有入学，曾经一度想插班到贵校听郑先生的课，可是因为家里事太多了，未能如愿，有工夫还想求郑先生多多指教！"

郑暮山一听，话说得很漂亮，是位擅交际的姑娘，可是比唐幼臣清楚得多了。唐幼臣只是漂亮而已，她的知识没有慕小姐丰富。唐幼臣不喜欢拿书本，慕小姐是书本不离手。唐幼臣交际广，只是一种虚荣心盛，慕小姐却是为自己找出路。她们对于郑暮山的印象也不同，郑暮山对于她们的印象也不会同了。

这里，他觉得王淑琼最美，刘省薇第二，慕小姐和刘省薇一个样，不过按一般审美眼光来看，唐幼臣是最美丽的。不过郑暮山以为美不仅在轮廓在表面上，这里还有一种精神感应。可是学生所谓“够味儿”，便是这种精神感应。西洋人又有说是“以太”或是“热”的，总而言之，女人不仅应当表面美，她还得有一种味儿。刘省薇的味儿最好，唐幼臣可以说是没有。慕小姐是年轻而活泼，只是她过于敏感，所以谈起话来，不免就有一点隔膜。郑暮山处在她们这一群儿里，真有目迷五色之感了。

慕小姐和他谈了谈关于女子的话，于是郑暮山又知道她是喜欢看电影的。谈了一会儿，慕小姐别了郑暮山回去。她觉得郑暮山给她的印象很好，是一个文质彬彬的学者。

郑暮山自她走后，又接到袁碧融的一封信。他想到袁碧融和她们又都不一样了，袁碧融是一个个性极强的人，感情极浓厚的人。她几乎感情把理智压得没有了，可是她有极丰富的知识和高超的思想，所以把她的理智恢复过来，可以和她的情感相抵，有时还可以努力扩大她的理智来压住她的感情，所以她是一个最苦恼的女子了。

她这封信是约郑暮山到图书馆去谈，她信上说：“在报上看到你那篇文字，知道你想见见那‘慕暮山’小姐，那位慕小姐，我也没有见过，但是我知道她，我还可以有方法使你们见着。听说她是一位活泼的姑娘，我们的大作家竟这样多情，正好相配呀。”

郑暮山看完，不禁笑了。

到了约定的这天，他便到图书馆去会她。他是为知道慕小姐的实况，顺便可以和她打听。他去得晚些，她刚由阅览室里出来，走到庭院里。她还埋怨郑暮山失信，现在见他来了，她又欢喜了。

郑暮山一看，她旁边还同着一位小姐，戴着没有边框的近视镜，很够女作家的风度。

袁碧融说道：“我们都要走了，你为什么来得这样晚呢?”

郑暮山道：“我来得并不晚，是你来早了，等得不耐烦，现在还不到三点钟呢。”

袁碧融道：“我给你们介绍一下，这位杨晓菡杨小姐，这位就是郑暮山先生。”

郑暮山见杨晓菡小姐，身量比袁碧融略微低些，脸虽然没有袁碧融白皙，可是有两个酒窝。互相说了几句仰慕的话，郑暮山道：“我们最好找个地方谈谈，站在这里谈，多累得慌呀！我们到北海去吧。”

袁碧融道：“不，就在这里谈很好。”

郑暮山道：“我还要跟你们打听慕小姐的消息呢。”

袁碧融道：“对了，我还忘记了，杨小姐知道慕小姐的事情很多。我是听她说的，她看见报上之后，便对我说，我才给你写的信，你如果愿意知道慕小姐的情形，请向杨小姐打听吧。”

郑暮山道：“这里说总是不便，还是找个地方坐着谈谈好。”

袁碧融道：“那么我们上景山吧。”说着，三个人便一同到景山去了。

进了景山，绕到山后，在树底下找个椅子坐了，郑暮山道：“杨小姐怎么认识这位慕小姐？”

杨晓菡道：“我并不认识，我有位朋友认识她，这位朋友是常提起她来。她和一位魏先生很好，魏先生家里还挂着她一个放大的相片，镶着镜框，美丽极了，看着很像电影明星。魏先生有个太太，人很老实，我的朋友便是这位太太。魏先生对于魏太太很好，可是对于慕小姐也很好，对慕小姐的好，比对魏太太的好要强些。魏先生和慕小姐通信，都是用英文的，不知是不是为避免魏太太的眼光。魏太太也极老实，对于他们的交谊上，向来也不疑惑到别的，并且对于这位慕小姐感情很好，魏先生遂跟慕小姐更亲近起来。他们大概也谈到爱情了，去年他们还一同到过香港。魏先生把魏太太一个人放在家里，他同慕小姐一块儿走。虽然说慕小姐到上海转回家乡去看，魏先生到香港有事，可是实际情形，便谁也不知道了。魏太太一个人在家，便整理东西，她翻检出魏先生的日记，他的日记是用英文的，太太不认识，便拿出来叫我看。我一看是日记，并且我学的是法文，对英文也不很认识，便不愿意看。可是魏太太再三求我讲，我无法，只得给她介绍一个同学，叫她找那同学给她讲。后来那同学见了我，说魏先生的日记，是一部同慕小姐的爱情日记。”

郑暮山道：“这么一说，慕小姐是有爱人的呀。”

袁碧融道：“可不是吗？您这篇文章恐怕白写了。”

郑暮山笑了笑，说道：“可是这位慕小姐前天找我去了。”

杨晓菡一听，便道：“是吗？这位慕小姐什么样儿？一定好吧？”

郑暮山道：“倒是很美丽的。”

袁碧融道：“她一定很能谈，把仰慕大作家的话都说出来，对不对？”

郑暮山笑道：“没有，只是谈了几句她就走了。”

袁碧融道：“哼，不会的，窗明几净，庭前是静的花园，那么好的环境，两个都是多情的人，并且又都是仰慕着，还不越谈越高兴吗？”

郑暮山一听，她真是富于理想的人，假如娶了这位太太，一定能享到家庭快乐。只可惜她的丈夫却这般不懂情趣。他道：“但是我们并没有你理想的那么周到，我们没有顾到那个环境。”

杨晓菡打趣道：“郑先生一定情专，所以谈话的时节，竟没顾到环境。”他们都笑了。

袁碧融道：“我的问题，你答复不答复？”

郑暮山道：“哪个问题？”

袁碧融道：“你不用装傻，你爱答不答。”

郑暮山知道她还没有忘掉这个问题，他看了看杨晓菡。杨晓菡晓得他们要说知心话了，便站起来道："我到那里看看去，那种野花也不知叫什么名字。"说着，她便走开了。

这里就剩下郑暮山和袁碧融了，郑暮山道："我们相别几年，你知我是怎么过来的吗？那时你为什么不理我呢？"

袁碧融道："以前的事不用提了，我知道，你提起以前的事来，好借着因由不回答我，是不是？"

郑暮山道："你太聪明了，可惜这回又过了一些，没有猜对，我现在可以答复你了。"

袁碧融道："你不用说了，我明白了。"她这时又怕他说出来，假如他说出不爱来，那自己是失望而且不会挽回。假如他爱，也不必说出来，自己也可以领会的。所以她又不叫说了。

郑暮山本来也说不出来什么，她一拦，只好马虎下去吧。郑暮山道："杨小姐躲开我们，她真多心。"

袁碧融道："她是比我聪明的。"

郑暮山道："她还没有对象吗？"

袁碧融道："没有，你可以给她介绍一个。"

郑暮山道："我不管这种麻烦事。"

袁碧融道："好像管伤了似的。"

郑暮山道："把她叫来一块儿谈谈。"

袁碧融道："她个性是好孤独的。"

郑暮山道："是不是受过什么刺激？"

袁碧融道："没有，她就是那样儿，也并不是没有感情，她只是一种静。"

郑暮山道："你有这么一个好同伴，也足安慰了。"

袁碧融道："我还真是亏了她给我解脱，替我出主意，我有什么心腹话可以对她说，才不致叫我生活上完全枯寂。"

郑暮山道："你的心腹话为什么不对你的丈夫说呢？"

袁碧融道："他呀，不配。他一点儿不把我的话听到心里去，我跟他整天无话，他看不起我，我看不起他。"

郑暮山道："既然他看不起你，你看不起他，那你们就双方同意离婚不就得了吗？省得天天打架。"

袁碧融道："要是离婚，也不能由我嘴里说，我等他说呢。可是他也不说，他也是想先叫我说，我才不说呢。"

郑暮山道："这是什么心理？为什么全不愿意先说呢？那么你就这样受下去吗？"

袁碧融道："凭什么受下去？我才不受他那个。"

郑暮山道："既不能受，又不能离，那只好一死了？"

袁碧融道："我要死，我早就死了，死的是弱者，是愚者，我不能那样做，我要利用他抵抗，我要奋斗到底。"

郑暮山道："噢，那么你找我是不是想给他一个报复呢？"

袁碧融道："不是，对于你，我是没有办法，我再也压制不住我的感情，我一遇到你，我就不由自己了，告诉你吧，我也有自尊心，我向来没这样自轻过，你不要因为你得着容易就轻看了我。"

郑暮山笑道："呵，少奶奶真架子大。"

袁碧融道："我不准你叫我少奶奶。"

这时杨晓菡走过来道："碧融还是这脾气，她就恨人家叫她少奶奶、叫她太太。她总是叫人说她是袁小姐。"

郑暮山道："其实有什么关系，有了丈夫，也并不是怕人的事，何必这样固执？"

袁碧融道："我就是这样，谁要这样称呼我，我就跟谁打架。"

杨晓菡道："真是，她时常跟人打架，这回对郑先生还真是客气呢。"

郑暮山道："好厉害。"

袁碧融道："告诉你说吧，这还不算厉害呢。"

郑暮山道："怨不得你们夫妇净吵嘴，原来你这样脾气大还成？"

袁碧融道："人什么都是换出来的，凡是对我好的，我一定对他好，他若对我不好，我对他也不会好的。"

郑暮山道："我也是这样吗？"

袁碧融道："那、那……"她说不出来了。

郑暮山道："你还是一个嘴犟的人。"

袁碧融道："你不能那样说，告诉你吧，只有你，我是没办法的。"

郑暮山不言语了，他是感谢她这样多情，可是她的环境不像自己这样自由，自己似不应对她有什么表示而引起她的痛苦来，他暂时沉闷。

杨晓菡便得了说话的机会，她道："郑先生，哪天可以约着慕小姐一起谈谈吗?"

郑暮山道："那有什么不可以? 慕小姐很开通的，您说怎么见法?"

杨晓菡道："最好择出一天来，约到我的家里，一同去也可，单着去也可。还有几位小姐，都想看看郑先生，她们跟我一个样，都是久仰郑先生的了。我想，那天把她们也约了去，反正郑先生是必须到的，慕小姐去不去也没有关系。"

郑暮山一听，忙摇头道："不成，我最怕人家看我。"

杨晓菡道："那怕什么的，人家都是小姐，不会吃人。"说了笑了，又接着说："她们都想听郑先生的言论，郑先生可以把创作经验给她们讲讲。"

郑暮山摇头道："不行，我不去。"

袁碧融道："大作家得拿着一点架子，假如都这个也见那个也见，那多失身份呢?"

郑暮山道："你用激将法，我也不去。"

杨晓菡道："这是郑先生看不起我们，不给我们面子，我还要告诉您，有两位小姐是姊妹两个人，家里管得严极了，一步也不准出来。我们和碧融是同学的，自事变后，学校停开了，她们全不能出来了。后来知道碧融认识您，所以她们很想见一见您，因家里除了她们上学外，不准出门，于是她们预先在一个补习学校报名，每天出来补习功课。等到她们有机会见，她们便退学不出来。她们这样热心来看郑先生，郑先生如果不见她们，未免太辜负人家一片热心了。”

郑暮山想了想道：“这么请杨小姐定个时候吧，最好礼拜日。”

杨晓菡道：“礼拜日不成，因为礼拜日学校放假。”

郑暮山一听，人家为了自己而告半天假，这牺牲如何对得住人家呢？他想了想，自己就是星期三上午没有课，便道：“那么星期三的上午吧。”他们这样定规了。

杨晓菡道：“我走了，你们在这里清谈吧。”说着便要走。

郑暮山道：“要是谈，我们一块儿谈，要是走，我们一块儿走吧。”

杨晓菡道：“你们多谈一谈吧，我们相见的日子多一些，碧融以后您就不能常见了。”

郑暮山讶道：“怎么？”

袁碧融道：“我们必须再过半年后，才能见面。”

郑暮山道：“我不明白是怎么一回事。”

杨晓菡笑着说道：“这样聪明的郑先生，会猜不到？我告诉您吧，碧融又要做第三个小孩子的母亲了，你得贺喜才成。”

郑暮山笑道：“这当然得贺喜。”

袁碧融听了，不但不喜，反而又增了一些烦恼。多一个孩子，多一个迟累。况且，女人一生了小孩子，便一切都完了。壮志、青年、活泼，甚至于聪明，仿佛都要随之而去了。况且一有了孩子，就表示夫妇亲爱。如果对别人说丈夫怎样对她无情，也就没人相信了。她这时又烦恼，又不好意思的，一时心血来潮，她道："走吧，我们一同走吧。"他们三个人便一同走了出来。

杨晓菡道："星期三上午我们一定候您。"说着她独自一个人走下去了。

郑暮山道："这位杨小姐性格真与别人不同，她好像心眼儿太多。她一个人走了，反而叫我为难，我是送她好呢？是送你好呢？按说她总是交谊远些，应当送她回去才合人情，可是……"

袁碧融知道他的意思，便道："不用管她了，她是最好孤独的，她的性格同人家不一样。你觉得没有送她，仿佛对她不住，在她或者一点不觉得的。"

郑暮山一看杨晓菡已经走远，只得算了。他以为袁碧融和自己再见，至少要过半年，今天不妨多玩一会儿。可是袁碧融因为家里有事，不得不回去，他们便一同坐汽车回去了。

由这天到星期三，慕小姐也没有来。这天上午，郑暮山便到杨晓菡家里去。杨晓菡原是住在一个同学家里的，她也跟她们说了。她们一听星期三上午郑暮山来，全都很高兴。到了这天早晨，大家起来，便到杨晓菡住的房子，帮助她整理干净。

杨晓菡住的是人家跨院三间北屋，里面因为许久没有人住，并没有什么摆饰。这天早晨为接待郑暮山起见，便临时搬来许多摆饰、家伙，这个搬把椅子，那两个抬个沙发，这个抱个花瓶儿，把屋里摆饰得很艺术。布置好了，又等了一会儿，郑暮山来了，大家全来欢迎。进到屋里，杨晓菡便给他们介绍相见，郑暮山也记不清谁同谁，略谈了些话，大家都注意听他的言论，所以谁也没有言语。可是郑暮山又是不善交际的人，被这严谨的空气罩着，他实在有点发窘。大家又全注意他的举止行动，看得他连手都不知往哪儿放好。他心里想：以后再有这种约会，我是绝对不来了。他心里想着事，嘴里无话，于是屋里倒显得沉闷了。大家都希望听他发表些意见，得一点意外的收获，可是他竟说不出来。

这时的两位小姐来了，这两位小姐，便是上回杨晓菡所说的，为见郑暮山而上补习学校的宋氏姐妹。女性一多，郑暮山越发说不出话来了。这二位宋氏小姐，以为郑暮山是一位健谈的作家，谁知他却这样沉默，仿佛摆着架子。

杨晓菡怕这局面太僵，便想个题目叫大家谈谈，如此郑暮山也可以发挥他的谈论。她晓得郑暮山是不喜欢说那些客套话，杨晓菡自己也是不喜欢说那些没用的话。可是在这个局面，大家都是初识，张口便滔滔不断地讲自己的话，倒是不大合适。而大家全是知识阶级，知道说那些无用的交际话，又太无聊。

于是杨晓菡问道：“听说郑先生喜欢研究外国文？”

郑暮山道：“无所谓研究，只是想直接看点儿外国书，中国的翻译界太贫乏，介绍给我们的外国著作太少，而且翻译得又不忠实，不如自己直接看看外国书的好。”

杨晓菡道：“郑先生对于古文怎么样？”

郑暮山道：“假如中国现在提倡古文，那文字恐怕越发成了少数人的私产，而人们渐渐为了生活所迫，不暇去费十年寒窗，专门研究古文，那文化的前途，也就不堪设想了。现在提倡东方文化，又说东方文化是一种精神文化，这话说得过于含糊。如果说中国文化全是字面儿上，这就是错误，假如光研究字面儿，其精神又何在？中国文，光就字面儿上讲，学过十年，都未必解得通一篇古文，写得一篇明白的信，这样不是于文化进步上有大妨碍了吗？所以我主张想叫文化发扬光大，必须先废除汉字，而用一种拼音的符号来代替。”

杨晓菡道：“为什么现在反对白话的还有人在呢？”

郑暮山道：“那反对的人不是为了文化，也不是为了别人，完全是为了他自己。他费了数十年的光阴，好容易能作得一篇文言文，大可以骄傲一下了。假如提倡白话，那么小孩子只念了几年的书，也会写信，商店伙计也会看报，这岂不大失自己士大夫的体面吗？所以说反对白话的，完全为了自己的体面，并不是为了一般求学，而且要求生的孩子们设想啊，假如我们要废了方块儿汉字，而代以拼音符号，那么无论妇孺老幼，只要学几个月，便可以互相写信和看书报了。现在的世界，并不是以前科学时代，闭关自守，人们只要读书，就可以吃穿不尽，而可以把一身精力耗在文学上。现在的世界，假如再像那样，国也就不国、民也就不民了。世界各国，没有不识字的人民，因为他会了字母，就可以拼音念字。中国现在还有大部分人不认识文字，这些不跟上古时代没有发明文字的人一样了吗?”他一开了话匣子，便越说意见越多，可是大家听着都为之首肯，没有一点儿觉得腻烦。

那位宋小姐说：“今天听了郑先生谈话，真比上一堂课还有益。”

郑暮山道：“您过奖了。”

他们又说了些话，郑暮山见时候已经不早，下午还有功课，便别了大家，走了出来。

杨晓菡道：“郑先生若是不忙，在我们这里吃饭，吃完饭打打牌，多么有意思！郑先生一定会打牌。”

郑暮山道：“会，现在外国人都会，中国人再不会未免落伍了。有许多人本来不喜欢打麻将，但是因为外国人会，所以他也学了起来。”大家一听，又笑起来。

郑暮山别了大家，回到家里，刘省薇正在自己屋里，见郑暮山回来了，便道：“教授一清早上哪里去了？我记得星期三上午你没有功课呀?”

郑暮山脸一红道：“亲爱的，我今天赴了一个约会，你怎么没有上学校去?”

刘省薇道：“我们学校已经放春假了。”

郑暮山道：“噢，我也想起来了，我们学校也放了春假我都忘了，今天下午再去一趟。”

刘省薇道：“打了电话就成了，不必去了。”

郑暮山道：“那么你给打个电话吧。”

刘省薇道：“今天天气多好，早晨起来便想同你到颐和园玩去，谁知你一早便出去了。”

郑暮山道：“下午也可以去呀。”

刘省薇道：“你看见今天的报了吧？”

郑暮山道：“没有。”

刘省薇道：“报上登着昨天在颐和园里淹死了三个人，他们原是七个人在湖里荡舟，没想到荡翻了船，都落在湖里去了，只救了四个人。”

郑暮山道：“这是他们人太多了。”

刘省薇道：“这也是春天里不幸的消息。”

郑暮山叹了一口气道：“生死有地，这话也靠得住吗？”

刘省薇道：“听说他们所坐的船是十三号，十三这数目是不吉的。现在果然，以后我看谁也不再坐那十三号船了。”

郑暮山道：“这也是偶然，比方社会上发生不幸的事情，每天每处都有，不一定全在十三上，不过遇到十三上，人家便注意了。”

他们谈了一会儿，便吃午饭，刘省薇还给学校打了个电话。吃完了饭，又找到郑暮山，两个人便一同出发。天气是非常暖了，没有一点儿风，游春的真不少，汽车里非常拥挤，幸而他们去的是下午，若不然恐怕挤不上去呢。

车出了城，郑暮山想到那天和王淑琼到白石桥，也颇快乐。可是同刘省薇到那里，恐怕她就不大高兴了。刘省薇虽然主张女人应当吃苦，可是在玩儿的时候，仍是要享受的。吃苦时不能想到玩儿，与在玩儿的时候，不必想到吃苦是一样。反正吃苦的时候能够吃，则在玩儿的时候便大可尽兴。玩儿而想到吃苦，那又何必还玩儿呢？刘省薇也自有刘省薇的理由。

到了颐和园，郑暮山道："我们走前山呢还是先绕后山？"

刘省薇道："后山的景致，也不错。那里比前山幽静得多。"他们遂先到谐趣园景福阁那里去了。这里游人较少的，大部分游人都是沿着湖畔走长廊子，到排云殿，道上络绎不绝。他们却绕到后山，树林荫翳，别有风趣。

这时在北边有片丛林，底下爬出一条荒径，好像不大有人常走的样子。郑暮山道："我们往这里走吧。"

刘省薇道："这里不像有人走的样子，大概不通吧？"

郑暮山道："既然有路，就可通行，走吧。"

他们便进到丛林中，四外都看不见人，郑暮山便抱住她吻起来。

刘省薇道："怨不得你爱走那个路。"他们一边笑着，一边走着，一边吻着。走得很远，也没有走出树林。

刘省薇道："来了多少次，也没有走过这条路，倘若不通，还得回去，可就糟了。"

郑暮山道："走吧，反正它得通到一个地方。"

走着走着，忽然豁然开朗，郑暮山道："你瞧，这不是出来了吗？"

他们走出来一看，却是一条路，这路通到河边便止住了，面对着这个路的那岸，有一条路通到山上。这个路与南岸的路，当中却是一丈多宽的河，河上原有个木桥连起这两条路，可是木桥拆了，一丈多长的木板扔在一边，他们抬也抬不动，干看着过不去。

刘省薇道：“你瞧，都是你要走这条路，现在走不通了，还得回去，这一回去，又得绕多少远路呢？”

郑暮山道：“咱们往西再走，干脆不过河了。”

刘省薇道：“那边更是死路，连个脚印儿都没有，你看，那河转到那里不是没有北岸了吗？”

郑暮山道：“没有办法，只得转回去，也没有关系，虽然多走些路，可是给我们多添了吻的机会。”

刘省薇道：“讨厌！你瞧这里荒林僻径，多么怕人呢。”

郑暮山道：“这有什么可怕，有我呢。”说着便抱住她要吻。

忽然听得对岸有人嚷了一声，把他们吓了一跳，他们一看却有个西洋姑娘，带着一只狗，姑娘坐在石头上，手里拿着一个鞭子，狗却在各处嗅。她走到这条路，不能过来，也自徘徊。他们互相站在桥头望着，不觉全笑了。

这时远处来了一只船，上面坐着几个工人。

郑暮山道：“这样可好了，他们来到桥这儿，咱们叫他用船渡过去。”于是他们便等着，等到船到了，郑暮山便道：“劳驾诸位，把我渡过去吧。”

那船夫便把船靠了岸，他们一同登上船，只船一转，便跳到对岸上去。

郑暮山便给了两毛钱道：“你们几位买盒烟抽吧。”

那个外国姑娘也同狗跳到那个岸上去。郑暮山道："到底是外国人，要是中国小姐，她不会一个人往那僻静的路上走。"

刘省薇欢喜了，一边唱着歌，一边走上山路。一直到排云殿的后边，那里好像是一个坛的样子，四边有石碑楼。坛上有许多大树，树下有石头坐，非常凉快。他们都有点累了，便在那里休息。

郑暮山道："我们忘了把七巧板带来了，要不然这里摆摆多有意思。"

刘省薇道："咱们下棋吧。"

郑暮山道："这里没有棋子儿，下什么棋呢？"

刘省薇道："我们下井棋，只要每人拾两个不同样的小砖头儿就成，你会下井棋吗？"

郑暮山道："是不是画个四方形，当中对角线画个十字，旁边还画个圆圈儿表示井吗？"

刘省薇道："对啦。"说着，便拾起两个小砖头儿。

郑暮山却拾起个树枝儿折一两截，当作棋子，又拾一个石灰块，在石桌上画个棋盘，摆好了棋子。郑暮山道："我先走。"说着，便拿起树枝儿走。

刘省薇道："没这样摆棋的，头一步就堵死了不成。"

郑暮山笑道："那么你先走吧。"刘省薇便先走起来。

两个人走了半天，也不分胜负。这种棋本来是小孩子摆的，胜负一看就看出来，所以他们谁也不肯输，这样就老没有结局。

刘省薇道："你不输还成吗?"

郑暮山道："我倒想输，可是我老不输有什么办法呢?"

刘省薇道："那我就不来了，我是非赢不可。"

郑暮山道："那么就算你赢了吧。"

刘省薇道："就算我赢也不成，非得实际叫我赢不可。"

郑暮山道："好吧，我走这步。"

刘省薇道："那也不成，你既然知道走这步就输，你偏走这步叫我赢也不算我真赢。"

郑暮山道："那怎么办呢? 再重摆吧，这回不准思索，走一步不准过三秒钟，如过三秒钟，就算输。"

刘省薇道："好吧。"

郑暮山道："可是咱们得赌一下，比如输了怎么办呢?"

刘省薇道："你说怎么办?"

郑暮山道："我们赌一个吻，你输了，你给我一个吻；我输了，我给你一个吻。"

刘省薇道："哼，反正你上算。"

郑暮山道："走吧，不准思索。"于是他们很快地走起棋来。

郑暮山一不留神，被刘省薇赢了。刘省薇拍手道："这回我可赢了。"

郑暮山道："我输了，我给你一个吻吧。"

刘省薇道："我赢了就得了，不要你的吻了。"

郑暮山道："那不成，我非给你不可。"说着便过来抱她。

正这时忽然听见有人说话的声音，刘省薇抬头一看，却是一男一女，那个女的竟走过来，向郑暮山一点头道：“郑先生什么时候来的？”

郑暮山道：“来了一会儿，您早来了吗？”

那女人道：“是的，我们由前面绕过来的。”

刘少薇看那女子非常好看，精神态度，十足西洋化，真像个外国电影明星。那女人看了刘省薇一眼。郑暮山忙道：“省薇，我给你介绍一下，这位就是慕小姐，在我小说上写批语的那位慕小姐。”说着又指着刘省薇向慕小姐道：“这位是刘小姐。”

她们便互相点了点头，没有说什么，只是互相看看。刘省薇看着这位慕小姐很好看的，怨不得郑暮山爱她。慕小姐看刘省薇这样美丽，知道一定是郑暮山的情人了。

这时，跟住慕小姐的那位男士，在老远处徘徊着。郑暮山道：“人家等得急了，快去吧。”慕小姐一笑，便走去了。

刘省薇道：“原来慕小姐挺好看的。看她写的那词句，仿佛多愁多忧的样子，谁知却这般健康呢。”

郑暮山道：“这位小姐很好玩。”

刘省薇道：“跟着的那个男人不知是谁？”

郑暮山道：“大概是她的情人。”

刘省薇道：“男女一同走就是情人吗？”

郑暮山道：“当然，尤其在这个地方走，比方我们两个人一块儿走，人家一定要说我是你的情人，你能不认可吗？”

刘省薇道："讨厌。"

郑暮山道："大概那个人姓魏。"

刘省薇道："你怎么知道？"

郑暮山道："我听别人说的。"

刘省薇道："别人是谁呢？"

郑暮山道："你不认识。"

刘省薇道："你为什么对我这样不坦白呢？"

郑暮山真怕她，一听说那话，便一五一十地都对她说了。说袁碧融怎么有个同学杨晓菡，怎么知道慕小姐，说了一遍。

刘省薇道："你为什么先不向我说呢？"

郑暮山道："先老没得机会，又搭着我忘了。"

刘省薇道："你今天早晨上哪儿去了？告诉我。"

郑暮山道："我不是说看个朋友去了吗？"他更有点窘。

刘省薇道："朋友是谁呢？"

郑暮山道："你、你……"

刘省薇道："我不认识，对不对？"

郑暮山道："我真怕你，我怕得不敢跟你说实话，可是又怕得不敢瞒你，你是怎么这样大的魔力呢？其实你也不同我闹脾气了，可是我就怕你，真奇怪。"

刘省薇道："我没叫你说这些闲话，我问你什么你就回答什么就得了。你的智慧我早明白。"

郑暮山道："可是你先声明，你可不准胡猜。我今天访几位小姐，都是初次约会，也可以说是末次约会。我所以不告诉你，因为这是昙花一现的约会，无须乎说的，徒足以扰乱我的情绪。假如我故意逗你吃醋的话，我倒可以说一下，但我怕弄巧成拙，也许你借着机会跟我开玩笑，我倒大着其慌，何必呢？”

刘省薇道：“哼，你总有的说，走吧。”于是他们便过了一个桥。

有个小庙，转庙过来，又有个小屋子，里面是空的，不知是做什么用的。墙上有许多散游诗人的题字，阶前又是那又宽又深的河，河的对岸，是丛林照着的山壁。

他们坐在阶上，阳光照着，和方才那边的阴凉又不同了。这时四周都是寂静的，他们互相依靠着，越说越甜蜜。

郑暮山看了刘省薇，脸上被阳光照得有些红华，非常美丽，他把她的手握了过来，那手是洁白滑腻，又柔又润。这时他才看见她的手指甲，涂了层红色的油，他不由惊奇了，又细一看她，今天特别打扮得艳丽，衣服也是红花的，脸蛋儿和嘴唇儿上都涂了红。以前她是非常幽静的姑娘，今天忽变为青春活泼的姑娘了。爱美的心姑娘们是都有的，唯刘省薇今天特别露出她的春意，竟使郑暮山不能自持了。虽然他们平常不主张涂唇染指的，可是郑暮山想到刘省薇一定是爱到极峰，今天这样诱惑，那是少女春情发动。

他握着她的手，不由呆了，他道：“再也没有像今天这样冲动的，薇，今天为什么这样艳丽动人呢？”

刘省薇低着头不语，咬着嘴唇儿，似乎强制笑意和含羞。

郑暮山越发爱她了，便抱她道："今天，你真像新娘子呀。"

刘省薇道："讨厌，谁跟你说话？"其词若有憾焉，但神气和声调儿却那样柔媚。

他们便在这里玩了一会儿，便又沿着高坡往西，一直到了石舫。那里游人便多起来，山前山后，竟是两种情景。他们由石航到了排云殿，在上面歇了歇，喝了些茶。时候已经不早，他们便慢走出来，都觉累了，坐车回到家里，便各自洗盥休息。

第二天早晨，郑暮山起来，想着昨天和刘省薇玩得快乐，真是从来未有的快乐。他想刘省薇一定很累了，连自己都好像还没有歇过来似的。这时报来了，他正要看报，忽然赵妈进来说："有个姓魏的找。"

郑暮山想了半天，想不起是谁来，不过人家能够找自己，大概不是有事，便是朋友，遂叫赵妈让人进来。他一看，仿佛很眼熟，可是不认识。让到屋里坐下，他也不好问人家名字。

魏先生道："昨天郑先生也累了吧？"

郑暮山一听，这才想起来，昨天在颐和园里遇到慕小姐跟着的那个青年就是眼前这位。那位魏先生和自己的岁数差不多，或许还比自己大一二岁，戴着眼镜，很有点道学的派头儿。

他道："不累，您由那儿就回去了吗？"

魏先生道："是的，我久仰郑先生，只是没有机会见面，昨天见着，我也不知是郑先生，后来慕小姐告诉我之后，我才知道。我还埋怨她，为什么不给我介绍一下呢？她说，你明天直接拜访郑先生也无不可，郑先生为人很好的。所以我今天冒昧地就来了。”

郑暮山又客气了几句，谈了谈，知道他的学问很好，慕小姐的文学修养，多半他从旁指导。

魏先生道：“郑先生认识一位杨晓菡杨小姐，是吗？”

郑暮山道：“是的，我觉得杨小姐很好，她也曾提过您。”

魏先生道：“她提我什么？”

郑暮山笑道：“她就提您跟慕小姐感情很好，昨天我遇见你们，知道她的话是很诚实的。”

魏先生也笑了，他道：“慕小姐她是一个富于感情的女孩子，不过她总有点虚荣心。”

郑暮山道：“虚荣心不但女孩子，人人都有的，不过女孩子们理智总压不住就是了。杨晓菡杨小姐她的理智比别人都强些。”

魏先生道：“杨小姐和我的太太很好，不过我觉得她神经似乎过敏些，理智固然强，可是太强了就容易敏感，敏感的人多时有点歇斯里特。”

郑暮山道：“敏感的人心眼儿太多，容易脾气和常人不大一样。可是杨小姐的敏感，我想也许是书读得太多，思想比别人看透一层的缘故。我看她原是很富于情感的姑娘，大概曾经受过刺激，所以变得理智，对于人生，有些灰冷。”

魏先生道："这话很对，昨天你们回去很晚吧？"

郑暮山道："可不是，我们又玩了很久。"

魏先生道："那位小姐……"

郑暮山一听，知道他是怕自己爱慕小姐，所以今天特意来试探神色。他遂道："那位小姐是我的一位至好的朋友。"

魏先生道："是不是有结婚的希望？"

郑暮山笑道："可以说有吧。"

魏先生放了心，可是郑暮山又问他道："您和慕小姐有没有结婚的可能？"

魏先生一听，脸上有点变色，他实不好回答出来，因为结婚是绝对不可能，但是恋爱到了这种地步，又实在不能分离。他老怕慕小姐因为他们不能结婚而准备另找对象。而慕小姐也的确有这种准备。

魏先生叹了一口气道："我是没有办法了，人生大概是没有顺心的事情。"

郑暮山却安慰他道："人定可以胜天，何况这种事又不是天的事，完全是人力所做的。希望您努力，慕小姐确是一位很好的姑娘，自己先不要灰心，以为不可能。其实世界上的事，有什么不可能的呢？"

魏先生一听，心里畅快多了。他们谈了一会儿，魏先生告辞走了。郑暮山这时晓得魏先生对于慕小姐是很爱的了，可是他们的前途，实在不可抱乐观。自己又不能对人家说什么，只好由他们去吧。他们又是非常聪明的，慕小姐当然也看得出将来是怎么样来，而魏先生也是有摆脱力的青年，也许不致造成什么悲观的结局来。

到了下午，刘省薇找了郑暮山，郑暮山告诉她说魏先生来了。

刘省薇问道："魏先生是谁?"

郑暮山便把慕小姐和魏先生的关系一说。刘省薇道："大概他是来探你的心意的，他怕你对慕小姐有什么爱的意思，慕小姐一定也时常对他提起你，所以才招他猜忌。昨天又看见你同她说话，知道你又认识了，于是他今天能不来了？我想你买到那本书的时候，未必不是魏先生一种忌妒，看她批得那么多感，不由生气，拿走随便丢掉也未可知。"

郑暮山道："你这样猜想很对的，不过他们的事碍不着我的事，他一定印象甚佳，满意而去。他还问到你，我说你是我的未婚妻，为是叫他放心，我并没有追求慕小姐的野心。"

刘省薇道："讨厌，谁叫你这样说，真可气。跟我到市场去，买点东西。"

郑暮山道："是是，小姐，我一定追随。"

他们略喝了些茶，便一同到市场去了。逛了逛，买了些东西，又到鞋铺取鞋。取了鞋，郑暮山给她提着鞋匣子，走出市场。两个人在汽车站等汽车。

忽然刘省薇道："呀，我的丝手套丢在鞋铺了，我回去拿一趟去，你在这里等着我好了。"说着她便把东西都交给郑暮山，一个人回到市场。

郑暮山正在等着，忽然袁碧融迎面走来，见了他，非常欢喜，问道：“你上哪儿去了？”

郑暮山道：“我等汽车回去，我刚由市场出来。”

袁碧融道：“你都买的是什么？这鞋是给谁买的？呵，你还买这些化妆品吗？”

要知郑暮山说什么，且看下回分解。

第四回　榴花耀眼

袁碧融见郑暮山买了许多化妆品，心里很是怀疑。

郑暮山便道："这是家里寄信叫买的，明天还得寄走，还不知好寄不好寄。"

袁碧融道："得了吧，一定是给刘小姐买的，对不对？你不用冤我，这个皮夹子怎么会你拿着？"

郑暮山道："我这是刚买的。"他这时怕刘省薇走回来看见，又怕袁碧融看见刘省薇，那样一来，知道自己在撒谎，多不好看呢。他便道："你现在是回家吗？"

袁碧融道："是的。"

郑暮山道："我送你几步。"

袁碧融一见他并不是等人，也自高兴，便一边走着一边把手举起来道："你看这是什么？"

郑暮山一看，她手指上戴着一个戒指，戒指上镶着一个珊瑚色的豆儿似的东西。他道："这是你结婚的戒指吗？"

袁碧融道："不是，你知道这个豆儿是什么吗？"说着她摘下来递给郑暮山。

郑暮山道："我不懂这是什么。"

袁碧融道："这就是红豆呀。"

郑暮山道："呀，这就是红豆？我对于红豆真是久仰其名，只是无缘相见，真是三生有幸。"

袁碧融道："这个东西产于南方，北方是见不着的，所以许多人不认识它。"

郑暮山道："这个东西真是好极了，镶在戒指上作纪念，最好不过，这是谁给你的呢？好朋友？"

袁碧融道："我哪里有好朋友，这是我家乡那边有人带来的，你要吗？"

郑暮山道："如果有富余，可以给我一个。"

袁碧融道："这两天我找出给你一个，给你镶好了吧？我那还有很多，不过别说是我给你的。"

郑暮山道："当然，这个东西真好看，老是这样红吗？"

袁碧融见他很喜欢的样子便道："它是越戴越好，你戴这个试试？"

郑暮山便往四指上戴。他道："紧，我的手指粗得多。"

袁碧融看了记在心里。

这时郑暮山忽然想起刘省薇，恐怕她已由市场出来了，假如她见了自己岂不是糟糕了吗？他连忙把戒指给了袁碧融，把袁碧融手里的东西一齐要了过来，便道："哎呀，我想起来我还得赶快坐汽车回去，我还有事呢。"

袁碧融道："过两天我给你写信，戒指得了之后，我约一个地方见面好了。"

郑暮山匆忙地道："好好，回见，回见。"想摘帽子行个礼，可是手里许多东西，举了半天，也没把帽子摘下来，倒叫那大小的包儿打了自己的脸好几下。

袁碧融去了。郑暮山急忙转身往回走，一个包儿掉了忙俯身去拾，拾了这个包，又掉了那个包，连提带抱，转回身去。到了那里，慌慌张张地寻刘省薇。

刘省薇正在那里等他，见他不在，还十分纳闷，心里正有气，忽见郑暮山匆匆走来，便迎上去道："你上哪儿去了？"

郑暮山张口结舌地道："我碰见一个朋友。"

刘省薇便接过几件东西，说道："刚才过来一辆汽车，放过去了，里面人还不多。"

郑暮山道："一会儿就来，再等一会儿吧。"

果然，汽车又来了，他们便走了上去。一直回到家去，刘省薇回她自己院里了。郑暮山回到自己屋，赵妈说："方才有位姑娘找您，姓王，我说没在家，就走了。"

郑暮山知道是王淑琼来了，便歇也不歇，伏在桌上写起信来。

正在写着，忽然刘省薇来了，手里提着一个包儿，说道："这个包儿不是我的，这是几条手绢儿，女人用的手绢儿，我买的是两只丝袜子，怎么没有了呢？这个包儿是哪儿来的呢？"

郑暮山一听，轰的一下，脸也红了，他知道是跟袁碧融换手的时候，大概把买的东西也换了，这许多手绢一定是袁碧融新买的，而刘省薇的袜子却叫袁碧融拿去了，袁碧融拿去一定也还纳闷呢。他道：“这是怎么一回事呢？怎么袜子会变成手绢儿了呢？”

刘省薇道：“你还装傻，这不是你换的怎么还能变了？难道袜子待着好好的就变成手绢儿了？”

郑暮山道：“我没有给你换呀。”

刘省薇道：“我知道你没给我换，这一定是和别人的拿错了。我问你，你在等我的时候你上哪儿了？”

郑暮山道：“我，不是跟你说了嘛，我遇见一个朋友，同她走了几步。”

刘省薇道：“是不是你的东西掉在地下，他给你拾起来，或是你把手里的东西叫他拿着来着？”

郑暮山道：“对啦，你真聪明，她倒是给我拿东西来着，因为我拾地上的包来着。”

刘省薇道：“那一定是他手里的包儿没留神，和别的东西一块儿给了你，可是把我的袜子包留下了，因为袜子包和他的手绢包同是用报纸包着的。”

郑暮山道：“对了，你说得真对。”

刘省薇道：“那人是男性是女性？”

郑暮山道：“男性呀。”

刘省薇道：“男性干吗买这女人用的手绢儿？”

郑暮山道：“他……他……也许是买了送给女人的。”

刘省薇道："你这人只有一样不好，永远不说实话。比方你说是女人我也不一定生气，你明白告诉我，我能够谅解的，谁还没有几个朋友吗？自是你对我不变，我也就不再追问其他。可是你对我老是隐瞒着，不知道你是什么用意？别的你都诚实可靠，唯有对女人的事，你就神秘起来，你自以为是神秘起来，其实没有一处不露马脚给人家看，这是何苦呢？"

郑暮山一听她这套话，非常惭愧，便道："请你原谅我吧，我原是怕你生气的，这个手绢包儿是袁碧融的。"

刘省薇道："那你想法儿把她手绢儿给人家送回去，送不送我不管，我只希望你把我的袜子要回来就得了。幸而是袁碧融，如果是一个男人，多么不合适呢？"

郑暮山道："小姐犹有多心哉！这怕什么，即或是男人拿去，也没有什么关系，这袜子刚买来还没有穿，不是等于在商店里面一样吗？商店存着那些袜子，难道是女人都觉得不合适吗？"

刘省薇道："你倒抬起杠来，东西由我买来，便属于我的了，属于我的东西，不能放在别人的手里。"

郑暮山道："那么小姐皮夹子里的钱票是属于小姐的了，为什么要由自己的手里递给人家？"

刘省薇笑道："你真气死人不偿命，钱是钱，东西是东西，东西既经过我的手，我就不愿意它再属于别人。"

郑暮山道："那么吃饭的碗，喝咖啡的杯子，当然是东西了，它们不但经过小姐的手，而且沾过小姐的唇儿，但是你能由饭馆子里出来连碗一齐拿着吗?”

刘省薇道:“我说的东西是卖的,比方咖啡和饭,如果我剩下,我就不愿意再叫别人喝,而碗不是卖的,原是属于人家的。”

郑暮山道:“信皮儿信纸是卖的,为什么小姐还贴上邮票给人家寄了去?”

刘省薇道:“讨厌,我不跟你说了。”

郑暮山笑道:“小姐,抬不过我了,算我胜利。”

不提他们,且说袁碧融回到家里,她的丈夫胡先生便道:“又到哪儿去了?是不是找你的爱人去了?”

胡先生是个青年,因为遗传的关系,他仿佛有一点神经质,待人接物也还很好,思想知识,都很超时代,就是对于他的太太袁碧融,总有一点神经过敏的猜忌。他们有时感情很好,对待他的太太也很热爱,但也有时不知为了什么竟吵起嘴来,他又带出极冷酷无情的样子来。他时常有时似开玩笑似庄重地和她说话,袁碧融气得和他分辩又分辩不过他,只有不理他才完了。有时袁碧融说上市场,胡先生却在暗地里跟了来。假如有个男人无心中和袁碧融走在一起,他便疑惑起来,回到家里非要问一问详细不可。袁碧融一点都不晓得,而胡先生却硬说那个穿西服的是她的情人,那个穿马褂的是她的好朋友,好几天也不放下,袁碧融也无法找那穿西服的或是穿马褂的。最后她叹她的命薄,只有哭泣,胡先生这才渐渐消下气去。

今天他又这样地问袁碧融,袁碧融道:“我到市场买几条手绢儿。”

胡先生道：“手绢儿买几条几条的，你打算送给谁呢？”

袁碧融道：“我买来我使，我送人做什么？谁也不给，多买几条搁着，使着方便，不然一洗就没有使的了，再者说买一条手绢到一趟市场，你又该疑惑了。”

胡先生道：“我看看，什么手绢儿？”

袁碧融便把纸包递给他，他打开一看，哪里是手绢，却是丝袜子，他道：“你拿袜子当手绢儿啊？”

袁碧融道：“胡说，你才拿袜子当手绢儿呢。”

胡先生道：“你瞧啊，难道我的眼睛花了？”

袁碧融一看，可不是袜子吗？她也纳起闷来。她道：“真奇怪，我明明买手绢儿，为什么他给包上袜子呢？我还得找他去换。”

胡先生道：“你找谁去换？谁那么傻瓜，买手绢给你包袜子？是手绢儿贵呀，还是袜子贵呢？这袜子得好几块钱一双，商店没有这么傻的，我想：一定有人买袜子，你买手绢儿，包得了，他也忘记是哪一包是什么，就给错了你们。人家买袜子的拿回家去一看是手绢儿，一定还不答应商店去呢。”说罢哈哈大笑。

袁碧融也笑起来，可是她立刻想到曾经和郑暮山交换拿过东西，一定是那时拿错了。可是她不能说出来，只得跟着笑，她想郑暮山到家时看是手绢，也不会和自己再换过来。

胡先生道：“呀，不对，你说是手绢，一定你另外还有手绢儿，这袜子是另买的，人家不会包错了，一定是你把手绢又给了别人。你说吧，对不对？你告诉我，你把手绢给谁了？”

袁碧融道：“我把手绢送给人了，那么这袜子又是哪儿来的呀？”

胡先生道：“你送人家手绢，人家送你袜子，不正是礼尚往来吗？”

袁碧融道：“假如我真跟人家换东西，又何必跟你说买手绢儿？我不会跟你说我就是买袜子去了吗？”

胡先生道：“也许你是一时疏忽把换东西这个茬儿忘了，信口说了出来。”

袁碧融气道：“我不会说，我不会跟你抬杠，你打算怎么样吧？”

胡先生也没了办法，他是这样，只要你屈服，他便不再言语，要不然他便把眼睛一瞪，强词夺理。他并不完全没有感情，他近来也爱着一个女人，这个女人和袁碧融也认识的，袁碧融也知道他们的事，可是她不愿意当着胡先生质问他。她静等机会，等着胡先生对她说：“我现在另有了爱人，我们离婚吧。”那么她就和他离婚，她也愿意离婚，可是“离婚”这两个字不能由她嘴里说出来，她先等着胡先生说。胡先生觉得本来就辜负她，如果由自己提出离婚，更觉无理，他不愿意做戎首，把离婚的罪过放在自己身上。他想叫袁碧融先说出来，他知道袁碧融非得另外有了情人才可以和自己离婚，可是他又不喜欢袁碧融在和他说离婚之前有了情人。就这样，两个人便不断地吵闹，可是每天吵闹全都没有个结果，糊里糊涂完事。

袁碧融虽然非常骄傲，志气很大，但是她的魄力又太薄弱，她总想像男子那样做一件伟大的事，但是她却比平常女子都胆小。她的顾忌太多，社会上的一切，都把她束缚得很厉害，她思想高而意志却薄弱，她自己束缚了自己而不能解放。

她和胡先生为一双袜子抬了半天杠。袁碧融以为虽然不是自己故意买了手绢送给人，却是和郑暮山无意换了一过儿，所以也不再言语。

胡先生嚷了半天，也没结果，回头他还要找他情人说话儿去，夜里十二点才能回来，自己有了亏心处，也就不再嚷了。吃完了饭，他便找他的情人去了。袁碧融见他走了，自己倒也清闲，闷坐在屋里，想到自己这样命薄，嫁了这样一个无情的丈夫，到了晚间，正好夫妻谈知心话儿，他却把安慰给了人家。自己又气又悲哀，坐在椅子上，想着茬儿烦闷。

她铺床睡觉，先打点脸水洗脸，把戒指摘下来。她忽然想到答应郑暮山一个红豆，便忙洗完了脸，打开箱子，找出一个纸包儿来，里面包着有十几个红豆。她挑选了半天，也没一个恰意的，不是小就是颜色不纯。看了看，哪一个也不如自己手上戴着的这个好。她心里一动，不如把戒指一齐送给他，戴在自己手上多少日子的，又叫他戴着，不是更可以表示纪念了吗？可是又想到自己的戒指较细，他的手指比自己稍粗些，这个戒指他戴不下去。无法儿，只得挑出个最好的来，另外用纸包起，把那一包仍旧包好收在箱子里。

第二天，她在学校告了一小时假，到一个首饰楼去镶戒指。她把自己的红豆摘下来另外镶个戒指给郑暮山，把昨天拿出来的红豆再镶到自己戒指上来。她告诉了戒指的粗细，付了价钱，她自己又打一个银戒指，上面刻着两个英文字母，一个字母是拼成“山”字的头一个字母，一个是拼成“融”字的头一个字母。两个字母互相压着，缠绕着。定好了，满意地走回家去。

过了两天，戒指得了，取了出来，她给郑暮山学校打一个电话。郑暮山刚下了课，要出来回家吃午饭，忽然接到袁碧融的电话，说在饭馆子等着他呢，他便出了学校到饭馆子去。

见了袁碧融，忽然想起来道：“你的手绢儿还在我那儿呢。”

袁碧融道：“我也忘了把袜子给你拿来，手绢送给你了，你就使吧。”

郑暮山道：“那么这双袜子也送给你了吧。”

袁碧融道：“为了手绢和袜子，我们又闹了一通儿。”

郑暮山道：“他为什么这样固执呢？可是也难怪……”他底下的话没有说出来。

袁碧融道：“我现在就等着他，他一说出离婚的话，我就跟他离婚。”

郑暮山道：“夫妻的爱情，非要双方维持不可，也是互相因果的。假如丈夫对妻子稍微宽大一些，妻子得了丈夫的安慰，自然也就不再苦恼。妻子一高兴对她丈夫，丈夫便觉爱她了，如此便越来越好。假如丈夫对妻子总是疑心，时常吹毛求疵，妻子感到丈夫无情，便不高兴了，丈夫于是更暴躁起来，这都是互相制成的。”

袁碧融道：“不然，他对于我真是再也没有那样无理的了，告诉你说吧，他杀我的心都有呢。”

郑暮山道：“你别瞎说了，夫妻多年，也不会这样的。”

袁碧融道：“不说这个了，吃饭吧。”他们便吃着饭。

袁碧融非常高兴，今天吃得还很好。吃完了饭，袁碧融把戒指拿出来，递给郑暮山道：“你戴这个试试。”

郑暮山接过来，戴在四指上，非常合适，就仿佛亲身到首饰店量了粗细做成的一样。他道：“咦？这个东西叫我戴着倒是很合适。”

袁碧融道：“就是给你打的呀。”

郑暮山道：“真的吗？”

袁碧融道：“你不是跟我要红豆来着吗？”

郑暮山道：“是呀，可是我看这个豆像你自己那个。”

袁碧融道：“我因为这个好，所以把我的摘下来给你镶上了。”

郑暮山道：“这样怎么合适呢？”

袁碧融道：“上回不是我叫你戴这个试一试吗？大概粗细我记住了。”

郑暮山一听，觉得她对自己这样细致，真是一位好太太，只可惜胡先生不能享受。

袁碧融又拿出一个戒指来叫他看。他接过来一看，见上面刻着两个英文字母。

袁碧融道："这两个字母是两个汉字的字头，你猜这两个字母代表两个什么字？"

郑暮山道："那我哪里猜去呢？字太多了。"

袁碧融道："这是两个的名字。"

郑暮山一听，知道一个是她的名字，一个是自己的名字，但是怎好这样猜呢？他道："我不知道，人名也太多了。"

袁碧融道："是我认识的。"

郑暮山道："我知道你全认识谁呢？"

袁碧融道："我认识这个人你也知道。"

郑暮山道："别打哑谜了，你就说出是谁吧，其实说不出也没有什么关系。"

袁碧融道："我告诉你说吧，这是一个山字。"

郑暮山道："那么你就这样戴着，不是更惹起胡先生的疑惑吗？"

袁碧融道："S，在法文原是纪念的意思，所以说它是纪念也可以的。"

郑暮山道："我们回头到哪儿玩去呢？"

袁碧融道："我还得赶快回家，明天吧，明天礼拜，我可以有工夫。"

郑暮山道："明天我们到杨晓菡那里见吧，我觉得她那里很清静，适于谈话。"

袁碧融道："你到她那里去了几次？"

郑暮山道："我就去了一次，不是你也知道？"

袁碧融道："好吧，明天我先去，在她那里等你。她家石榴树都快开花了，我想一定很有意思的。"

郑暮山道："好吧，那么明天见。"

他们出了饭馆子，分别回学校。

郑暮山回到学校，下午头一堂没有课，还得等着。等到第二堂，他们上课去了。到了教室，仍然像以前那样讲书。不过王淑琼却格外注意了。因为她看见郑暮山手上忽然多个戒指，戒指上还镶一个鲜红的东西，她很奇怪。到了下课的时候，大家都走出教室，王淑琼便追上郑暮山，因为旁边还有别的同学，她不好意思直接问，便道："郑先生，今天戴的这个戒指很好看哪，先生还戴这么好看的戒指？"她是笑着说。

郑暮山晓得她的意思，便道："戴着玩的，因为这个东西很有意思，你们看看这是什么？今天叫你们多一个见识。"

王淑琼道："摘下来我们看。"

郑暮山便摘了下来，递给了她。她们都不认识，郑暮山便告诉她们这个就叫红豆。大家一听，全都拿着玩赏不已。

王淑琼道："郑先生这是由哪里来的？别人送的吧？"

郑暮山道："是的，是一个好久不见的同学的，他最近由云南带来的，送给我这么一个。"

王淑琼道："同学的？"

郑暮山道："是的，一个男同学的。"

王淑琼道："送给我这个吧。"

郑暮山道："呀，那使不得呢，这是同学由老远带来赠给我，我如何能送给人呢？"

王淑琼道："那一定是好朋友送的。"

郑暮山道："不，是一个男同学的，你如果愿意要，明天我再跟他要一个来好吧？"

王淑琼道："准的吗？"

郑暮山道："当然。"

王淑琼道："如果没有，我可要留这个了。"

郑暮山道："可以的。"

王淑琼一笑去了。

郑暮山从学校回到家，那戒指又叫刘省薇看见，也问这个红豆的来源。郑暮山便照着跟王淑琼说的话一样又说了一遍。刘省薇也要要一个，郑暮山一样答应她了。第二天，他便到杨晓菡那里和袁碧融相见。

袁碧融早就去了，她去的时候，杨晓菡正一个人在屋里算什么算术，桌上许多纸张，纸上画许多算术的式子，还有许多字，杨晓菡还在算呢。

袁碧融道："你干吗呢？又算起算术来？"

杨晓菡道："你先等一等，我就差一个字了。"说着又算了算，又从一个本子查出一个字来。

袁碧融道："这是干吗？"

杨晓菡道："我现在算卦呢，这个真灵极了，我给你也算一个卦吧，这是诸葛神数。”

袁碧融道：“怎么算呢?”

杨晓菡道：“你说出三个字来，我数了它的笔画多少，然后加上一个数去，就可以在这个本子上按数儿查出一个字来，然后再加上一个数目，仍查出一个字来。如此递加，可以查出一首诗来，这一首诗里，就说明你要问的事情，一点不错，非常灵验。”

袁碧融笑道：“你为什么又信这个起来?”

杨晓菡道：“反正没有事，算算好玩。”

袁碧融道：“那么我算一个。”

杨晓菡道：“你说出三个字来吧。”

袁碧融道：“三个字代表三个数吗?”

杨晓菡道：“是呀。”

袁碧融道：“我就说出三个数目来也成吧?”

杨晓菡道：“也成。”

袁碧融便一边在手心里写着字，数着笔画。她道：“这要是超过十画以上呢?”

杨晓菡道：“那就把十画刨去，干脆你就说出三个字来吧。”

袁碧融便写出三个字来，杨晓菡一看，却是“郑暮山”三个字，便笑道：“你真是随时都惦念着他呀。”

袁碧融道：“别废话了，你就算吧。”

杨晓菡便给她算起来。袁碧融一边等着她算，一边看着杨晓菡方才算的诗句。

杨晓菡夺了过来道：“不准你看，你要看，我可不给你算了。”

袁碧融道：“这有什么关系，我都不瞒你，为什么你瞒着呢?”

杨晓菡道：“我没有什么可瞒，我只是不叫你看。”说着，便把那纸给撕了，然后又给她算。算得了把字都找出来，袁碧融一看写着：

> 兀坐幽居叹寂寥，孤灯掩映度春宵。
>
> 黄金忽报秋光好，活计扁舟渡北朝。

袁碧融道：“这是什么呀，我不懂。”

杨晓菡道：“这是说你太寂寞了，你不是说再过半年再见郑暮山吗？到那时候，‘忽报秋光好’，你们俩一定好起来了。”

袁碧融道：“你这是胡批，我再算一个。”于是又用袁碧融三个字算，算得了一看是：

> 艰难险阻路蹊跷，南鸟孤飞依北巢。
>
> 今日贵人曾识面，相逢却在夏秋交。

杨晓菡鼓掌道：“这个更对了，今日贵人曾识面，再见就得六月后了。对极了，你看多么灵呢。”

袁碧融道：“这个也是浅显得很，并没说出我的心事来，不能解决我要问的。”

杨晓菡道：“诚则灵，你非得诚心不可。”

袁碧融道：“好吧，我就拿诚则灵三个字再算一回。”

杨晓菡于是又给她算了一个，算出来一看：

君是山中万户侯，信知骑马胜骑牛。

今朝马上观山色，争似骑牛得自由。

杨晓菡道：“你看‘今朝马上观山色’，山者，郑暮山也。”

袁碧融笑道：“你别咬文了，你这叫醉雷公胡批，我要问你，骑马骑牛是怎么一回事？”

杨晓菡道：“这是比方的话，比方有个人是马，有个人是牛，你应当要那个是马的人，可是谁是马谁是牛，你心里一定有个主见，我也不再批讲了。”

她们正在说话，郑暮山来了。让进来坐下之后，郑暮山道：“你们做什么呢？”

杨晓菡道：“我们正在算卦，郑先生也算一个吧，灵极了。”

郑暮山笑道：“杨小姐摆卦摊了，算一个卦多少钱呢？”

杨晓菡道：“算一卦是十万块钱。”

郑暮山笑道："好贵的卦，你们算什么呢？"

杨晓菡道："这是袁碧融刚算的，您看看吧。"

袁碧融连忙走过来抢道："不准看。"可是已经叫郑暮山接过去了。袁碧融刚要抢，郑暮山把那纸往自己怀里一收，袁碧融便不好意思再抢了。

郑暮山看有自己的名字，又看了看别的，他道："小姐们还信这些个吗？"

袁碧融道："你给解释解释，这句骑马骑牛到底是什么意思？"

郑暮山道："庄子说：昔者子呼我牛也，而谓之牛；呼我马也，而谓之马。你爱把谁叫作牛，他就是牛，把谁叫作马，他就是马。"

袁碧融道："你这种真是滑头。"

杨晓菡道："郑先生是真会说话。"

郑暮山道："我还有件事求你。"

袁碧融道："什么事？"

郑暮山道："你还有红豆吗？"

袁碧融道："有，干吗？是你要，还是给别人要？"

郑暮山道："我给别人要。我有个同学，他看见这红豆很好玩，非要一个不可。"

袁碧融道："好吧，我那里还有，回去给你找出来，过两天打电话再交给你吧。"

郑暮山道："好极了，我怕你拿出来费事。"

袁碧融道：“我还有些，晓菡这里也有一个，也是我给她的。”

杨晓菡道：“对啦，我这里还有一个呢，可是没有这个好，好的人家不给我，给……”

袁碧融道：“你别瞎说了，我告诉你吧，我那个还是很好的呢，我挑了半天才挑出那一个来。”

杨晓菡道：“你看郑先生这个多好，又红又大，最好的是像个心形，真好，可是就不给我。”

袁碧融道：“那不是我自己先戴着来了吗？”

杨晓菡道：“噢，我明白了，把自己戴着的摘下来给人家，这是表示亲近哪。”

袁碧融笑道：“去你那边儿去。”

杨晓菡道：“你们这儿坐着，我到外边儿走走。”

袁碧融道：“那上哪儿去呢？”

杨晓菡道：“你不是要两本书吗？那个书在那个院子里呢，我得给你找去。”

袁碧融道：“回头再去不成吗？”

杨晓菡道：“现在就去吧，回头就忘了。”

杨晓菡一边说着，一边走出去给袁碧融找书，她回头道：“你替我招待郑先生，我就回来。”说着，她去了。

屋里就剩下他们两个人，沉静地对坐着。对着了一看，跟着又把眼光挪到别处去。

郑暮山道：“功课忙不？”

袁碧融道："不忙。"

郑暮山道："胡先生还好？"

袁碧融道："他就是那样了，无所谓好不好。"

郑暮山道："你最近看什么书呢？"

袁碧融道："什么也没看。"

郑暮山道："你跟她借什么书？"

袁碧融道："几本法文小说。"

郑暮山道："我真羡慕你们，尤其是你，这样忙叨，家里大人小孩都得管，还有时候看书，可见你的生活，不算不好，还埋怨什么呢？"

袁碧融道："以后就不能再出来了，每天什么也不能干，可不只有看看书？"

郑暮山道："那是怎么一回事呢？"

袁碧融脸一红道："告诉你说吧，我最不喜欢有小孩儿了。一有了小孩儿，任什么也不能做了。"

郑暮山道："那么以后我们就不能常见了？"

袁碧融道："你可以时常找杨晓菡来。"

郑暮山道："人家是很用功的，时常扰乱人家，多不合适。"

袁碧融道："告诉你说吧，她还欢迎得了不得呢。"

郑暮山道："你们许可我找她？"

袁碧融没有说什么，这时候杨晓菡进来了，把书交给袁碧融。

袁碧融道："找书找这么半天。"

杨晓菡笑道："好容易才找着呢。"

他们又谈了一会儿，郑暮山要回去，问袁碧融道："你不走吗?"

袁碧融犹豫了一下道："你先走吧。"

郑暮山遂别了她们，自己回到家里。

第二天到学校，王淑琼便问那红豆，她是始终没有忘记。

郑暮山道："我已经同我朋友说了，他说过一两天便给我。"

王淑琼道："假如过两天仍是没有，我就要你这个了。"

郑暮山道："一定，一定。"

过了两天，袁碧融也没有给他打电话。袁碧融是从此不再出来了，郑暮山也想起来袁碧融曾经跟他说，再见就得几个月后了。

王淑琼是要红豆要得紧，她竟以为郑暮山是欺骗她了。郑暮山又不想给袁碧融写信，又没法儿找她。没办法，只得找杨晓菡给她写信，约她出来。本来他因为袁碧融的关系，不愿意找杨晓菡，现在却不得不找她了。他给杨晓菡写了一封信去，告诉她星期日到她那里去，希望她把袁碧融约上。

到了星期日，他找杨晓菡，杨晓菡并没有约袁碧融。她说："胡先生那人的脾气怪别扭的，不但男的接近袁碧融他要生气，就是女的要和她来往勤了他也不乐意的，所以我懒得找她。"

郑暮山道："那么最好给她写封信约她出来就成了。"

杨晓菡道："希望您把慕小姐约上，我们都见见，那不好吗？碧融也想看她呢。"

郑暮山道："好吧，我一定约她，希望您务必约上碧融，因为以后她越发不便出门了。"

杨晓菡点头答应了，遂约好了日期，分别而去。郑暮山便给慕小姐写了一封信，请她在约好了的日子，到杨晓菡家里相见。慕小姐也知道杨晓菡的，所以答应去了。

这天，郑暮山如约而访杨晓菡，谁知到了那里，杨晓菡也没在家。他很奇怪，既然约好了，为什么不在家呢？是自己记错日期了吗？我想也不会的，这个怎么办呢？自己白跑一趟也还没有关系，袁碧融一定生气。袁碧融还好办，慕小姐跟人家挺客气的，这样失约，太对不住人家了。

他忽然想起，也许杨晓菡并没有约袁碧融，不好意思见自己，所以躲开了。他便问老妈子："袁小姐来了没有？"

老妈子道："来了，也是没见着，刚走。"

郑暮山道："还有位慕小姐呢？"

老妈子摇头道："没有来。"

他没办法，只得走去，越想越别扭，究竟不知杨晓菡是什么意思。慕小姐也没法儿等着她，只好写信道歉吧。他雇了洋车，到东安市场来。刚走得没有多远，却见慕小姐从那边坐车来了。慕小姐正是赴约到杨小姐那里去的。

郑暮山告诉她："杨小姐没在家，我们碰上真是好极了，如果没有事一块儿到市场去吧。”

慕小姐遂又转了车，一块儿到市场。在咖啡馆里谈了一会儿。他们谈到杨晓菡，都不明白她是怎么一回事。既然不愿意见，为什么还要约？如果说是有事，为什么不留下话儿，或是预先通知？他们简直猜不透她的意思。他们谈了一会儿，出了市门，又在街上走了一程，才分别回去。

第二天，郑暮山方在学校上课，下课之后，校役走来告诉他，有位杨女士找，来了一会儿了。他一听，连忙到接待室去，一看，果然杨晓菡坐在那里。杨晓菡道：“昨天实在对不起，因为临时有点事出去了，这对不住郑先生，还对不住慕小姐。”

郑暮山道：“没有关系，幸而昨天我遇到慕小姐了，不然叫她白跑一趟，怪对不住她的。”

杨晓菡道：“郑先生的女朋友很多，是吗？”

郑暮山道：“是的，这个学校里的学生，都可以说是朋友嘛。”

杨晓菡道：“我说的是爱人。”

郑暮山道：“爱人怎么能有许多的？”

杨晓菡道：“袁碧融是不是您的爱人？”

郑暮山道：“提起她来，我又想起一件事来，昨天您没有见着她吧？”

杨晓菡道：“没有，我想回头再到她家去一趟。”

郑暮山道：“那更好了，希望你再约她一下，明天下午到您那里去，我正好明天下午没有事。”

杨晓菡道：“您这样急着见她，有事吗?”

郑暮山道：“没有什么事，我想再向她要一个红豆，她上回已经答应给我了，可是后来老没得机会相见，今天您见了她，再跟她提一声，明天叫她带去吧。”

杨晓菡道：“好吧，其实我那里还有一个红豆，如果郑先生要，我可以给您。”

郑暮山道：“那更好了，我可以多要一个了。”他想刘省薇还和他要一个呢。

杨晓菡答应回头去约袁碧融，明天在她那里相见。说了一会儿，她便走了。郑暮山便回到家里。他临出学校的时候，王淑琼追着问他要红豆。

他说：“本规定昨天见我那朋友，我那朋友昨天临时有点事没见着，明天我再去一趟吧。”

第二天，他又如约而去了。他想杨晓菡一定是临时有事，或是她不愿意见慕小姐，今天她不会不见了，昨天晚上还接到袁碧融一封信，埋怨自己失信，不应该骗她。可是这不能埋怨自己，应当埋怨杨晓菡哪。杨晓菡给她写信，也不知怎么写的，她是不是有意作怪，今天一见，就可以了然。

谁知他到了那里，一问杨小姐，又出去了。他想：这真有意开玩笑了。明明昨天约好的，怎么今天又出去了？前天袁碧融白跑一趟，已经很生气。今天又叫她白跑一趟，不知她要如何埋怨呢，但又无法儿，只得回去吧。可是杨晓菡这两次恶作剧，他心里有点不高兴了，又不知她究竟是什么意思，从此他也不到杨晓菡那里去了。

可是王淑琼还一死儿地要红豆，他真没办法。可巧袁碧融这时又找了他来，她便问杨晓菡两次失约，也许是不愿意我们见面。

郑暮山道：“那为什么呢?”

袁碧融道：“我是这样猜，从那次以后，我也没有见着她。”

郑暮山道：“明天你看一看她去，问一问究竟是为了什么，是不是不愿意理我呢？可是她又找我来。”

袁碧融道：“明天我找她一趟去，我想她对你很好，她只是不愿意我们见面也未可知。”

郑暮山道：“她是忌妒吗?”

袁碧融道：“也许有一点吧。”

郑暮山道：“她对我有了爱情了吗?”

袁碧融道：“大概是你先对她有了爱情。”

郑暮山道：“你这话是什么意思呢?”

袁碧融道：“请你不要误会我，我没有一点忌妒的意思在里面。我知道她的个性，如果别人不对她表示爱，她是不会爱人的。”

郑暮山道：“我对她表示爱了吗？我并不觉得呀，爱她固然是有，可是我并没有表示过。我觉得天下女人都是可爱的，我这种爱是一种仁爱的爱，没有一点想占有的意思，所以我对任何女人都一样，我并没有把她看作和别的女人不同来。”

袁碧融道：“你的态度，最容易叫女人误会的，多情的女人见了你，便以为你爱了她；富有辨智的女人见了你，以为您又弄什么手段。”

郑暮山道：“你这话太对了，明天你见了晓菡，替我说一声吧，你的红豆带来没有?”

袁碧融道：“我忘记了，过两天再给您带来吧。”

郑暮山道：“你瞧，人家直催我呢。”

袁碧融道：“杨晓菡那里还有一个呢，她不是说送你吗?”

郑暮山道：“她送我不送我在她，反正你得给我。”袁碧融答应着去了。

过了两天，袁碧融给郑暮山来了一封信，另外还有一本书，打开一看，是《饮冰词集》。他奇怪道：“她为什么给我这么一本呢？她以为我没有读过吗?”

他翻开头页一看，只见写着一行字道：“看吧，我要说的话，却被人家先说出来了。”

他又翻了翻里面，只见词里有许多句子圈着红圈儿。他想：这大概是她要说的话了。只见那些句子里“昏鸦尽，小立恨因谁?”“情在不能醒”“旧恨新欢相半”“闲数玉笼鹦鹉念郎诗”“不见合数草，空倚相思树”“遣怀翻自忆从头”……他一看，太多了，把她所圈的句子，全念了一遍，念完一句，想了一想，结果费了一个钟头的工夫。他有点凄然，可是他笑了。把书放在一旁，想起信还没有看，便拆开看信。

信上却没有几句话，都提着杨晓菡的事，她说杨晓菡已经入了女僧院了，当外国僧尼去了。

郑暮山一看，不免一惊，他想：杨晓菡那人，真是有点怪呀。信上又说：“你不去看看她去吗？可是我告诉你，她们那里规矩严极了，绝不准她们接见男人，打电话也不准她们接，电话永远锁着。她们的衣箱等物，也全锁在一个屋子里，多少天开一次，大家一块儿拿。如果你去，最好先给她写一封信，她在那里比较自由一些，因为她的地位比修女们高呢。”

郑暮山一看，心里怪难过的。心想：她为什么要入修女院呢？无论如何，要看她一次去。于是按照袁碧融所给的地址，给杨晓菡写了一封信，告诉她后天看她去。

到了这天，他便找杨晓菡去了。在一个极僻静的地方，他进了大门，看不见人，又进了二门，那里有两三间房子，他以为是传达处，可是等了许久也不见有人出来。他想：一个陌生男人进到里边去，人家一定要迎出来问找谁的，可是就始终不见有人出来问。他到了阶下，敲了敲门，也没有人答言，开开门一看，里面一个人也没有。他便又退到阶下，立在那里。看了看左右，全都有门，探进门去一望，却是一片广大的院子，里面有片树林，树下道旁，还伏着两三只犬。他也不知这里面是什么规矩，不敢往里去。可是站在那里，又没主意，返身想走，又觉得来这么一趟没看见多么冤呢，他又急于想看一看杨晓菡，于是又转到门房。他想一会儿还不会有人来吗？

等了一会儿，忽然由房子出来两个女人，都穿着白色衣服，戴着白色帽子，原来那房子还通着房子呢。他便过去摘了帽子，很婉和地说明来意。

那女人想了想，便道："您一直进到里面去，上了那台阶，在那楼里去问吧。"

郑暮山一听，便往里去了。到了那个楼前，也没有人出来。他看里面似乎有很多人往来，便推开了门，果然有许多妇女来往着。他便向一位妇人道了来意，那妇人叫他到一间屋子里去，他便进去了。见里面好像是接待室，又好像是图书馆，桌上摆着石膏像等等的，有两个妇人在收拾屋子，她们一见郑暮山进来，便全走了出去。他很奇怪，正要坐下，又见一个外国女人蹲在那里拿什么书似的，他忙道了歉说明来意，那女人却和他说法国话，两个人谁也不懂。后来说了中国话，这才明白。那女人也笑了，叫他在那里等着，她便出去了。

过了一会儿，杨晓菡来了，郑暮山一看，颇有点凄然。

杨晓菡道："郑先生很忙吧？"

郑暮山道："杨小姐生活近来很清幽了？"

杨晓菡道："忙是一样忙，只是没有郑先生那样自由就是了。"

谈了一会儿，郑暮山知道久坐是不合适的，便想说红豆的事，可是他又真不好意思说出口，他觉得杨晓菡这种心情，一定不大好受，自己还跟人家要东西，太没有人情，同时对杨晓菡有一种说不出来的眷念。

杨晓菡道："郑先生见着袁碧融了吗？"

郑暮山道："没有，我跟她要红豆，她还没给我呢。"

杨晓菡道："噢，我还忘了，我已经把我的红豆找了出来，预备给郑先生。本来我们这里找东西是很麻烦的，所以预先就找出来了，您等一等，我给您拿去。"说着便去了。

郑暮山见她这样对待自己，自己怪惭愧而且难过。

一会儿杨晓菡拿来了，用纸包着。郑暮山打开一看，果然不错，他道："我应当怎样谢谢您呢？"

杨晓菡道："这还用谢？我现在也不用这个了，这种东西搁在这里，反而不好。"

郑暮山道谢，知道不便久坐，便别了出去，心里有点凄然。他便把自己戴着的红豆卸下来，把杨晓菡这个红豆嵌上去。看了看，不由得把那红豆放在嘴唇上了。

第二天见着王淑琼，王淑琼又和他要红豆。郑暮山道："你就知道要红豆，可是你知道我要这红豆是多么难呢。"

王淑琼道："咦，你这个又换了！"

郑暮山道："是的，我把我这个给你了。"

王淑琼一听，十分欢喜。

郑暮山心里不大好受，他回到家里，看着红豆发怔。这时，刘省薇走进来了，见了他这个神气，不由说道："干吗这样闷的样子？"

郑暮山遂笑着站了起来道："请坐，我仿佛有种寂寞的心情。"

刘省薇道："院子里散散步吧，屋里太沉闷了。你看，石榴树的花全开了。”

郑暮山一听，遂走了出来，说道：“这些天也没有留意到庭院的花草。”

他们走到山石的南面，那里有许多石榴树，石榴树的花已经开得红了一片，非常好看。刘省薇便摘下一朵来，插在郑暮山的西服小口袋的上面。

郑暮山道：“呀，这石榴花不能摘呀，这还结石榴呢。”

刘省薇道：“不，这花有结石榴的，有不结石榴的。你看，这花底瓣肥大的都有石榴，那细小的就是谎花，没有石榴的呀。”

郑暮山道：“你给我的这个花是结石榴的。”

刘省薇道：“怎么知道？”

郑暮山道：“石榴多结子，绿竹又生孙。明儿我有了儿子，便起名叫绿竹。”

刘省薇打了他一下道：“讨厌。”

郑暮山刚要吻她，赵妈走来了，说开饭了。他道：“早这时候开饭？”

刘省薇道：“这时开饭又有什么，去吧，回头见。”她去了。

郑暮山吃了饭，刘省薇又走来，两个人坐在沙发上说话儿。刘省薇忽然看见郑暮山戒指上的又换了一个，便道：“咦？这个怎么又换了？”

郑暮山道：“对啦，我觉得这个不错。”

刘省薇道：“我跟你要的那个红豆呢？”

郑暮山道：“我已经跟他要了，他说过两天就给我的。”刘省薇也不再问了。

过了两天，郑暮山等袁碧融来，可是袁碧融始终也没有出来。原来袁碧融的丈夫失业了，因为他愧对袁碧融，又怕袁碧融看不起他，所以他在头两天还没有同袁碧融说。他去找他的情人，他以为他的情人一定要给他安慰的。谁知他的情人不再理他了。他烦恼得厉害，便回到家里，同他太太说了。他以为袁碧融一定要对他讽刺了，谁知袁碧融怕他因失业难过，对他竟多方安慰，劝他忍耐着，慢慢再找职业，暂且只要吃点苦，并且她还表示绝对可以同吃苦的。胡先生一听，不觉流出泪来，跪在袁碧融的面前说道：“碧融，你恕我以前的错误吧，从今后，我不再那样对你了，唯有你才是我的一个好妻子。你恕了我吧，我永远是爱你的好丈夫了。”

袁碧融一听，也十分凄然，便抱了他起来。

胡先生又说：“我现在失业了，我感到都市生活是这样困难，谋事是这样不容易，我愿意回到家乡去，过我们的农民生活，倒也无烦无恼。碧融，你能随我去吗？”

袁碧融点了点头。胡先生真是欢喜不尽，又爱了他的太太。两个人收拾了行李等物，回到南边家乡过着农民生活去了。

临走的时候，袁碧融给杨晓菡写了一封信，说回到家乡去了。她又想给郑暮山写一封信，拿着笔，不知写什么好，心里又一阵难过，但又不能不告诉他。她是爱他，她也知道他也爱她，可是不能娶她。没有办法，只好忍心一别吧。遂写道："我去了，请你不要想我吧，安慰你的人多着呢。"写完发了。

等郑暮山接到她的信时，她已经离开他数百里以外了。郑暮山又觉烦恼起来。人们处在一块儿，觉不出怎么快乐，可是一分别了，马上便觉得聚时的可贵了。这两天，他都觉得不痛快，他以为别离是这么容易的事，那以后就别轻易聚会了。聚会了几次，都有了感情，又全都别去，这不是故意捉弄人吗？

刘省薇见郑暮山这两天精神很不好，便问他怎么了？他便说："袁碧融走了，杨晓菡修行去了。"

刘省薇道："你也太多情。"

郑暮山道："你可千万别离开我吧。"

刘省薇笑道："一个堂堂男子这么女子气，我们出去走走。"

郑暮山道："我不愿意玩去了。"

刘省薇道："我们到一清静地方去看看，只为换换空气。"

郑暮山道："法源寺的丁香、崇效寺的牡丹，大概开过去了。"

刘省薇道："到古庙走走也是好的，不一定看丁香。"

刘省薇想把他的心情变化一下，省得老这么烦恼。郑暮山便答应了她，两个人出了城，到了法源寺。

那是北京一个大古庙，庙的环境非常清静，里面虽住着一百多僧人，可是进到庙里却不见熙来攘往的情况。他们走进去，也没有人拦阻，信步走着。庙宇一层一层的，越走越深，院子清静得一点尘埃都见不着。丁香已经开过了，可是树荫却衬得满院庄严幽肃。来到这里，真有点超尘出世之感了。

郑暮山又想到杨晓菡，不觉凄然。可是看到刘省薇这样美丽的人，和这古香古色的庙宇相映，又另有一种端庄淑静的态度，她真叫人爱呀！

走到一个殿前，看看匾额、对联等，郑暮山道："宗教只是为了劝化没有知识的人，如果人们知识都丰富起来，那宗教也就没有用了。"

刘省薇道："可是宗教并不是叫人迷信的，它的宗旨只是博爱，无论什么宗教，它的目的都是为爱人，不过后来宗教家都变成爱自己了，一个是用自己的力量来救人，一个是用人家的经济来救济自己，这是古今宗教家不同的地方。不过也不能一概而论。"

他们正说着，只听见一阵念经的声音，他们循着声音一直往后走，才知道后边在做道场。那道场的布置非常庄严肃静。

这时，由殿里走出一位和尚来，向他们打了一个问询，请他们到东配殿喝碗茶，他们遂进了东配殿。殿里有许多名人题着的匾额、对联之类，非常清雅。和尚陪他们坐了，喝了一会儿茶，谈了一会儿话，和尚很年轻，而谈吐却非常高雅，关于佛学，较之一般谈迷信的大不相同。郑暮山等很为钦佩，觉得今天此行，可谓不虚了，心境畅快好多。

和尚问到他们的姓字，知道他是个作家，因为郑暮山的小说他全读过，批评得也很中肯，和尚思想也很新颖呢。

太阳落了，他们才返回家来。临走的时候，郑暮山对和尚说：“假如我要出家，成不成呢？”

和尚笑道：“出家并不是一说就成功，假如你当时受了点刺激，便想出家；或是被庙里环境所触动，也想出家，这都是不成的。出家不是一时的感情冲动，它必须彻底了解佛教的意义才成。”

郑暮山道：“不是不了解而出家的一定也很多吧？”

和尚道：“恐怕有的。”

他们回到家里，谈到和尚，说像他这样知识丰富的和尚还真少见呢。

第二天，郑暮山下了课，因为中央公园有几个画展，他一直从学校到公园去了。他打算看完画展，在公园里略微散散步，便回到家吃晚饭。

在看画展时，遇到慕小姐了。他们便一同信步谈天，越谈越高兴，他们便再来今雨轩吃晚饭。吃完晚饭，月亮已经上来很高了，他们略进了些咖啡，便又散步起来。人已经不多，园里显得静了，他们走到花房栏杆前面，在一个椅子上坐下。在那里，可以望见一片晴空，月亮从天安门的六角升上来，是那样闲适、幽美。一阵阵花香袭来，令人沉醉，他们静静地谈着。

慕小姐道：“郑先生见着杨晓菡了吗？”

郑暮山凄然道：“她入修女院了。”

慕小姐道：“是吗？为什么？”

郑暮山道：“我也不大清楚，不过她太聪明了。一个女人太聪明，是容易敏感的，对于人生太敏感的人，往往要灰冷下去，终而走到这一途。”

慕小姐道：“是不是有什么原因，我都觉得不该这样做的。”

郑暮山道：“慕小姐是生活优越，没有什么烦恼的事，自然不主张这样做了。”

慕小姐道：“不然，我最近正遇着一个极难的事，几乎使我没一点儿办法，现在还处在不可分解之中，今天一个人来到公园，也为散一散我这些日子的思虑。”

郑暮山道：“您有什么困难的事呢？我可以听一听吗？”

慕小姐道：“可以的，不过话说得要多，郑先生回去晚了不要紧吗？”

郑暮山道：“不要紧，越多越好。”

慕小姐道：“魏先生的情形，您大概晓得一点吧？”

郑暮山道：“知道，他有一位很好的太太。”

慕小姐道：“是的，可是我们的朋友们，差不多要怀疑到我同魏先生的关系。魏先生也许是爱我的，可是我总是拿他当作一个好朋友看待。魏先生是大概也晓得的，您想，我们既不能结婚，自然不能走到爱的途径上去。”

郑暮山道：“也不尽然，有爱就爱，没有爱就不爱，管什么环境不环境，条件不条件呢？”

慕小姐道："郑先生这话是对的，可是现在的社会还没到那种程度，我和魏先生还没有爱，还有许多人说闲话呢。"

郑暮山道："那么以后怎样了?"

慕小姐道："魏先生有个表弟，江先生，是一个倜傥青年，他原有一位太太，已经死掉了，他很悲伤的。后来他遇到一位熊小姐，一见倾心，对于熊小姐便追求起来。不过熊小姐是个交际场里的人物，对于爱情不大理会，她只是吃喝玩乐而已。她的朋友很多，对于江先生根本没有结合的意思。他有几次约熊小姐玩，熊小姐也和他玩。如此江先生花了不少钱，可是熊小姐并不钟情于他的。有一天，他约熊小姐看电影，熊小姐以有事又拒绝他了，他便一个人去了，可是他到了电影院，看见熊小姐却和另一个青年在看电影，他不觉烦恼起来，每天总是唉声叹气。魏先生见了之后，便劝他不必再追熊小姐了，熊小姐那人是没有感情的人，她是一个浪漫女郎、堕落女郎，根本没有追求的必要。即或追求到手了，也是不能享到家庭幸福的。江先生便说到现时的苦闷，魏先生便想到我，叫我劝一劝他，把他追求熊小姐的热减低一点，然后再想法子。于是我就和江先生见了面，这次谈得很好，江先生认为魏先生有意把我介绍给他，因为他晓得我和魏先生是不能结婚的。后来他便屡次叫魏先生约我和他见面。魏先生原也没有想到他对我有求爱的意思，他只是想把江先生对熊小姐的追求热减低一些而已。"

郑暮山道："魏先生似乎有点失策了。"

慕小姐笑了笑，又接着说："有一天，江先生想约我出来玩，坐了汽车，和魏先生到我家来接我，魏先生没有叫他下车，叫他在车上等着，他一个人到我家来。可巧我那天没有在，魏先生告诉他我没在家，江先生很不相信，以为魏先生是在骗他，他很不满意。又有一次，我们三个人约到一块儿看电影，我去了，魏先生还没有去，只有江先生，一直到终场，魏先生也没有去，他正是那天有事。看完电影，江先生便又约我吃饭去，我同他去了。在西餐室里，他同我谈到那天找我去的情形，而不大满意魏先生的样子，我倒是替魏先生解释了半天。同时我劝他不必再恋恋于熊小姐了，熊小姐的对象是一个有钱的外国军官，她向来不大喜欢中国人，所以向她追求，实在无益。江先生听了，很觉以为然，他说早就变换了目的，熊小姐的影子，已经另换了一个人。我问他是谁呢？他并不说，我并没有想到他把目标移到我的身上来，所以很坦白地和他谈着。这天他又约我单独和他玩，说不必约魏先生，我以为魏先生既把解脱他苦恼的责任放在我的身上，那么同他玩玩，也是魏先生的意思。以后便在北海，玩了两次，不想这一来使得他对我的印象又深起来。有一次，玩得很久，在分别的时候，他忽递给我一个小本子，他说是他的日记，叫我拿回家去看。我拿到家一看，才知道他已经爱了我。我呢，受了感动，没有勇气拒绝他的爱情了，我以为魏先生知道我们这样的相投，他一定喜欢的，他应当庆祝我们都有了精神寄托，我们对他要有感激的表示的。谁料魏先生竟生气了，他一个人到上海去了，我和江先生已经有意订婚，双方家庭都很满意。魏先生的出走，我们也无法可想的。我们现在已经定在下礼拜订婚了，魏先生还不知道，假如他回来，知道我们已经订婚，一定更要烦恼，我现在也无法可想了。郑先生以后如果见了魏先生，请多向他解释，劝一劝他，这个请求当然可以允许我吧？”

郑暮山道：“当然可以，不过我并不是女性，是不是有什么效果，我实在不敢说。”

慕小姐笑了道：“魏先生本来很聪明的，我想您要同他说，他没有不解释的，他对郑先生也是很钦佩的呀！”

郑暮山道：“好吧，我一定尽力而为，这源于你们三个人都有好处的呀！可是你这时想起来人的遭遇实在是不可预料的，像我们今天这月明星稀的良宵，能够这样的畅谈，今后恐怕再也没有机会了。时间大概已经不早，大门快关闭了，我们走吧。”

他们遂走出来，因为已经没了车，他们便步行着回家。月色很好，街上是静悄悄的，郑暮山一直把她送回家去，他才回到自己的家。想起人生来，真是不可预料。第二天到学校上课，觉得精神不好，大概昨天夜里在公园受了些风寒的缘故。

王淑琼已经把红豆镶上了，还故意叫郑暮山看，她道：“你看我镶得怎么样？”

郑暮山道：“好极了，真好看！”

王淑琼道：“瞎说！”

郑暮山道：“真的，尤其戴在你的手指。”

王淑琼把嘴一撇，笑了。郑暮山也笑了。

到了晚上放学，王淑琼回到家里。她的表姐唐幼臣正在等着她呢。见她回来，连忙跑出屋来，握着她的手道："今天回来得这样晚，是不是又同郑暮山玩去了？"

王淑琼道："没有，因为这个月是我管炊事，所以我每天回来得晚些。"

唐幼臣觉得握着她的手上有个东西，忙道："这是什么？"说着，便握着她的手看。

王淑琼道："你看看是什么？"她把那手抬起来给她看。她看了许久，只是不懂。

王淑琼一边和她进屋来，一边道："这个就是红豆呀。"

唐幼臣道："红豆？红豆有什么意思呀？我以为是珊瑚子呢，原来是个豆呀，不值钱。"

王淑琼道："不是为值钱，就是为留纪念的，你不知道这里头时常有红豆的句子吗？说红豆最相思。"

唐幼臣道："嗬，你又变成诗人了，怎么相思呢？这谁给你的？郑暮山？"

王淑琼点头道："对啦。"

唐幼臣道："哼，什么臭东西，你戴着不好看，给我吧。"

王淑琼道："不，这个东西不能送人。"

唐幼臣道："郑暮山有什么好，值得这么爱他？"

王淑琼道："爱是一个问题，这个东西是一个问题，就是朋友送的，也应当好好保存着呀。"

唐幼臣道："不必巧辩，我也明白你的心的。"

王淑琼道："什么呀，咱们说一点别的吧。"

唐幼臣道："不，我今天还是为这个来的。"

王淑琼道："你说什么？"

唐幼臣拉着她的手道："来，我们上你的屋里去说话，我告诉你一件事。"说着，她们便走进了王淑琼的屋子。

王淑琼道："你有什么事呀？"

唐幼臣笑道："我给你介绍一个朋友，你说好不好？"

王淑琼道："哟，我可不要，我现在无须乎交朋友，我现在还得念书呢。"

唐幼臣道："得了吧，你现在又成了老道学了。其实，交朋友也不妨碍念书，怕什么？有时候交朋友还可以增加一些新知识，我们时代的女性，尤不可不交朋友。"

王淑琼道："我不比你，你的家里对你很随便，我家里管得严，我父亲时常来信还说我呢。"

唐幼臣道："你越说越幼稚了，时代的女性，应当起家庭革命，不能受家庭的专制，我家里一说我，我就同他们吵，我们不能变为弱者。"

王淑琼道："固然这话也对，可是我们不能专为反对家庭而去交朋友，我现在不需要朋友，何必起家庭革命？"

唐幼臣道："你一定是受了郑暮山的影响了。其实爱情专一了不好，我们应当取博爱主义，我们应当玩弄男性才对，我们为什么光受男性的玩弄呢？"

王淑琼道："我不受人玩弄，我也不去玩弄人，我们不谈这个问题好了，最近你看电影去了吗？"

唐幼臣见她谈到别的上去了，便不大高兴了。她原来男朋友太多就会不过来，想给王淑琼匀几个。况且那些男朋友总是逼着她要她给介绍女朋友，她实在没办法了，便想到了王淑琼。可是王淑琼却是不赞成，她有点着急，因为她已经答应了人家的请求了。她道："你不用跟我说别的，我还是跟你说这个。我就纳闷儿，你们这一群知识浅薄的，为什么都喜欢郑暮山，真奇怪了，他有什么好处呀？我认识了许多朋友都比他强，比他漂亮的也有，比他年轻的也有，比他有钱的也有，比他有学问的也有，人家的外国语说得漂亮极了，真棒！郑暮山有什么？"

王淑琼道："谢谢你，我现在不需要，真的，我现在就需要像郑暮山那样一个师资的朋友，我不再需要别的了。"

唐幼臣道："你真是个落伍者就完了。"

王淑琼道："我承认我落伍。"

唐幼臣见激将也用不通，只好另想主意，忽然她想起来道："你以为郑暮山很爱你吗？哼，他才不爱你，他只是玩弄你而已。"

王淑琼道："你怎么见得？"

唐幼臣道："他是无女人不爱的。"

王淑琼道："你有什么凭据呢？"

唐幼臣道："哼，我说了你可不准生气。"

王淑琼道："我绝不生气。"

唐幼臣道："他追求过我的。"

王淑琼一听，不由惊讶道："他追求过你？不见得，他不是爱追求的人，我怎么没有听他提过你一句呢？"

唐幼臣道："你真是傻子，他当着你能够提我吗？"

王淑琼道：“我不大相信。”

唐幼臣道：“你不信，我给你约几个人来问一问，有人亲眼看见的，他到我的学校找我去，要我跟他在一起。”

王淑琼将信将疑，因为她知道她表姐的美丽，足以诱惑任何男性的。不过她那种态度是郑暮山所不喜欢的，所以她对于唐幼臣的话，似信不信。

唐幼臣道：“我也不是给你们挑拨，你可以自己去调查，我完全是为了你，怕你受痛苦的，那郑暮山的爱人很多呢。”

王淑琼道：“他就是那样的人，不知道的都以为他尽追求女人，其实他是同情女人的，所以处处不免叫人们看着他是多情的，不过多情二字，我不认他是有的，但这也不是坏字眼儿，何况他对于我是很真诚的呢。”

唐幼臣道：“哼，你没有看见他的爱人是那样多。”

王淑琼道：“那么她们就不知道吗？或是甘心就那样呢？”

唐幼臣道：“郑暮山的手腕非常巧妙，能够叫十几个爱人都互相不知道。”

王淑琼道：“我不大相信，多么巧妙，也不能瞒得这样紧，我知道郑暮山交女朋友是……”

唐幼臣不等她说完便道：“傻孩子，你一点也不知道呀，就拿我说，你以前知道过吗？”

王淑琼道：“知道，他曾经对我说过你。”

唐幼臣道：“说过我什么？”

王淑琼道：“他不大赞成你那生活态度。”

唐幼臣道：“净都是他忌妒人说那样话，他知道追求我不成功，便这样胡说八道，我现在不跟你说他了，一提他我真生气。”

王淑琼正愿意不提他，并道：“好吧，我们说一点别的，你看画展去了吗?”

唐幼臣道：“我不愿意谈这个，我跟你说吧，你最好交个男朋友，一交上，你就知道好了。交朋友也不一定就非谈恋爱不可呀，怕什么?”

王淑琼道：“一般男人总交着交着就往恋爱的道上走，我怕他们。”

唐幼臣道：“一点也不，我认识的男朋友都好极了，温柔极了，我叫他们干什么，他们就干什么，服服帖帖的，非常服从我，上哪儿去，都像跟从一样。你如果生气，他会哄着你；你若骂他，他更舒结，嬉皮笑脸地陪着你，给你买这个买那个，好极了。吃完了晚饭，爱听戏，他请你听戏；爱看电影，他请你看电影儿。若是都不爱，他便陪你到舞场去跳舞。到夜里用汽车给你送回来，夜间人静，坐在汽车里，依在他的怀里，真想去睡觉呀。”

王淑琼听了她的话，始终也想不出是怎么好来，她是一声不语。

唐幼臣道：“好不好？我给你介绍一个，漂亮极了。”

王淑琼道：“不，我不喜欢那样男子。”

唐幼臣道：“那么你喜欢什么样的男子？你说，我那里多得很。”

王淑琼道：“他是很朴素的，穿着干净的衣服，很有学问，他是不喜欢上舞场的，每到晚上，划一只小船，在北海月夜里……”

唐幼臣不等她说完，便接着说道：“在北海月夜里，荡着一只小船，或者躺在船上，或者拿着一个提琴，或者一个吉他，他给你唱着有情有味的歌曲，那才甜蜜的呀。”

王淑琼道：“还得有学问。”

唐幼臣道：“是呀，他们写情书写得好极了，也能做诗，北国之春呀，给我带来什么甜蜜的消息来哟，做得好极，他们时常提到徐志摩的诗，张资平的小说。”

王淑琼简直让她道得真有些不耐烦了，她再不言语。唐幼臣以为她真被说服了，便立刻握着她的手道：“好不好，我给介绍一个？”

王淑琼知道不答应她，是不会终止她的劝说的，遂漫应道：“好了。”

唐幼臣见她答应了，喜欢不尽，她说：“这才是好妹妹呢，现在的时代，不但要提倡男女平权，甚至要把男性压下去，我们女性要统治男子才成，我们要做成社会以女性为中心。”

王淑琼道：“先别说那些高调吧，我们先把我们的知识充实起来，然后才能提到那些事，固然谁都想把自己提高，但是这身份不是跳舞跳出来的，也不是做新诗做出来的呀。”

唐幼臣一听，不大高兴道：“我有这种志愿，我一定能成功。我看透了那男性们，没有一个不巴结我。”

王淑琼道：“你没有接触过在你的环境以外的男性呀。”

唐幼臣道：“谁说？都是一样的。凡是一个男性，我就可以要他们。得啦，我们不谈这个事了，明天我们上北海玩去，我来找你，你务必在家等我。”王淑琼答应了。

第二天下午，唐幼臣果然找她来了，一块儿上北海，她只得同她一块儿去了。今天唐幼臣打扮得特别漂亮。到了北海，一直奔漪澜堂。王淑琼道：“我们慢慢地散着步多好，何必匆匆忙忙地走呢?”

唐幼臣道：“现在已经晚了两个多钟头了。”

王淑琼莫名其妙道：“什么晚了两个多钟头?”

唐幼臣道：“本来定的三点在漪澜堂见面，我三点半才穿好衣服从家里出来，在你家又耽搁了许久，现在已经五点半了。”

王淑琼道：“你跟人家定约会了吗?”

唐幼臣道：“不是别人，有老高，有小陆，他们都是很好玩的，我要是跟他约定三点，他们准是两点钟就在那里等我。”

王淑琼道：“你去吧，我不去了。”

唐幼臣忙拉住她道：“走，这怕什么的，交朋友并不犯法。”她把王淑琼硬拉着走，王淑琼觉得这么拉拉扯扯的不好看，遂同她去了。

到了那里，果然有两个青年，打扮得很漂亮地站了起来，迎接她们，真是久旱逢甘霖的样子。

唐幼臣道：“对不住，因为到表妹家里，所以来迟了。”

两个青年忙道：“不迟不迟，来得正好，我们才等了几个钟头。”

唐幼臣道：“我给你们介绍一下，这是我的表妹王淑琼，这位是密斯特高，这位是密斯特陆。”

见过之后，便全落了座。密斯特陆叫伙计道：“来两个情人梦吧。”伙计答应着去了。

密斯特陆殷勤招待，特别高兴，他见王淑琼那样美丽安详，说不出来的欢喜。密斯特高仿佛也暗暗由衷表示庆祝之意。

唐幼臣对王淑琼道：“密斯特陆是文学院的高才生，学问棒极了。”

密斯特陆笑着，不知怎么着好了。王淑琼客气了两句，坐了一会儿。唐幼臣道：“今天应当密斯特陆请客。”

密斯特陆道：“当然。”

唐幼臣道：“我喜欢看晚场，回头我们玩一会儿，在这儿吃饭，吃完饭再去看电影吧。”高、陆两人全都答应着。

唐幼臣又道：“我这时候想划船了，老高你陪着我去。”老高答应着随着唐幼臣出去了。

王淑琼也想跟着表姐去，可是密斯特陆低声道：“他们很甜蜜的，我们不要参加吧。”

王淑琼想到了，不觉脸一红，觉得参加他们的集团不合适，可是等他们走之后，自己才感到剩下密斯特陆和自己了，这一来，尤觉得不合适了。她有点埋怨唐幼臣，不该这样荒唐，把自己丢在这里。

密斯特陆道：“密斯王，学校功课忙吗？”

王淑琼道：“没有什么忙，总是那样儿。”

密斯特陆道：“我们学校简直整天不上课，不是先生请假，就是学生请假，到考的时候，大家忙一阵，学生也忙，先生也忙。考试过去了，先生请假是饭局，学生请假找情人，所以我们能够整天不上课。”

王淑琼一听，他真说实话，不觉笑了。密斯特陆见她一笑，真是美丽极了，不觉神魂皆冒，以为她是爱听自己的话，于是又道：“密斯王喜欢什么功课？”

王淑琼道：“我什么都喜欢，我现在觉得什么功课于我都是切要的。”

密斯特陆道：“密斯王真是天才，了不得，像我们，只是两三门功课就把我们累趴下了。我最怕几何，一上几何课我就脑袋疼。像唱歌、体育，我倒是喜欢的。”

王淑琼听他恭维自己，当然心里有几分高兴。密斯特陆又道：“密斯王喜欢看电影吧？”

王淑琼道：“喜欢看，我喜欢看西洋片子。”

密斯特陆道：“我也喜欢看电影，而且也喜欢看西洋片子，我们的兴趣是这样相同哪。”

王淑琼一听他又跟自己的嗜好相同，又加几分喜欢。密斯特陆又道：“密斯王对于谁片子认为最好？”

王淑琼道：“狄安娜杖萍的片是真好，宝贝白玲也好，桃乐珊拉摩很美……”

密斯特陆道：“对对，太对了，我也是这样批评的。我时常为这个跟同学打架，我说桃乐珊拉摩很有点东方美，他们尽跟我抬杠，今天不想密斯王和我竟是一个样儿，真是同志。密斯王的眼光太锐利了，实在对。”

王淑琼笑了，觉得密斯特陆并不讨厌，他们又谈了一会儿。王淑琼的话往哪边说，密斯特陆便往哪边随着，女性喜欢戴高帽子，假如她的见解错了，你好意给她辩正过来，她是特别生气，她们没有喜欢哪个不驯的男子。她们的度量，比男子狭小的。即或她们也知道你的辩正是好意，但是她心里也不舒服的，终觉得你有点瞧不起她。假如你若向一个不相识的女人说一声："我真爱你的美丽。"她虽然为了她的尊严而大怒，可是心底却是快活的。越是富有感情的姑娘，越是这样。

唐幼臣看着好像是没有感情，其实不然，她正是富有感情的，只是她的感情永远叫理智抓不住，所以闹得飘忽不定了。她以为是玩弄男性，其实正是被男性玩弄着呢。王淑琼的理智，因为年龄的缘故，还不十分坚固，她虽然很明白怎样才算好，怎样才算坏，可是她的感情总是跑在前面，并且把她的理智也被蒙蔽了。

郑暮山知道她的心情，所以那时为了自己使她用不下功去，实在替她烦闷，所以想拿自己的感情，渐渐地培养她的理智，等到她知识丰富，思想健全了，自己也就可以放心了。谁知她有这么一个浪漫的表姐呢，她每天总是喊打倒礼教，固然，礼教是摧残人的性灵的，实在应该打倒，但是在人的知识未健全的时候，礼教是管制感情的好方法。等到知识健全，自然也知礼教是吃人的东西，而不再受它的管束了。人们需要理智，并不是为减少自己的痛苦，而是希望人类得到真正的幸福，避免那残酷的斗争、苦闷等等而已。

闲话少说，尽归正传吧。正传该说什么了，请看下回。

第五回　追悼屈原

人们有了感情，已经是痛苦的事，所以人们一生下来，他的悲剧便起始了。然而人们不能因为悲剧而用礼教来抵制感情，但也不能为个人利益而放纵感情。这时必给人们灌注那科学的知识，培养理智，人类才能因此而互享幸福。倘若拿礼教永远控制，那是绝对不可，人类的苦恼，永远除不掉。越是拿精神文化来教育，人类的苦恼越要变得大。一个少女爱了她的老师，在环境不许可、她很为极端的苦恼下，想求一个人给她解释一下。如果解答的人对她说："这是环境不许可的，不要这样想这样做。"那少女的苦恼不但不能解除，而且更要加深。如果对她说："不要顾虑环境，恋爱不择手段，打倒一切。"这一来，少女的苦恼，更是不能解决。所以感情这个东西，不是一两句解答的话可以克服的。"恋爱讲座""恋爱解答"这类东西，讲恋爱上的艺术是可以的，想解决恋爱的大问题，还是先从了解科学起。

王淑琼本来是个聪明的孩子，不过是知识还没有健全而已，她和密斯特陆渐渐谈得入味，因为密斯特陆总是随着她的意思说话，同时密斯特陆又年轻漂亮，一块儿坐着，只有叫人家羡慕他们的。她高兴极了。

他们谈了一会儿，唐幼臣跑来了。唐幼臣本是给密斯特陆和王淑琼介绍的，但是她怕王淑琼不喜欢，叫她一个人待久了，她再走了，所以她连忙又来看他们。一看他们谈得很高兴，不由笑了。她道："你们划去吧，我们该歇一会儿，喝点儿水了。"说着，便看了密斯特陆一下。

密斯特陆明白了，便向王淑琼道："我们划一会儿去好不?"王淑琼点着头。

他们走到码头，把老高叫了上来，他们下到船里去。老高看看他们笑了笑，走进漪澜堂。

密斯特陆便和王淑琼划起船来，划到海的中心，凉风袭来，王淑琼觉得很舒适，她叫他往哪边划，他就往哪边划，真是听话。

密斯特陆道："密斯王一定有好多朋友吧?"

王淑琼道："没有。"

密斯特陆道："我不信，我听密斯唐说，追求您的人非常多。"

王淑琼道："那是她瞎说呢。"

密斯特陆道："不能瞎说，像您这样、这样……"底下的话有点不好意思说了。

王淑琼笑道："真没有。"

密斯特陆道："您那戒指……"

王淑琼低头一看，脸红了，说道："这是我自己打的。"

密斯特陆道："那上面的是什么？"

王淑琼道："红豆。"

密斯特陆道："红豆？红豆吗？我看看。"

王淑琼摘下来递给他，他看了看，果然是个豆子，遂道："这倒挺好玩，我回去也打个戒指，镶上一个绿豆。"王淑琼笑了。

密斯特陆道："我给您戴上吧。"说着，便硬拉过王淑琼的手，把戒指给她戴上，仍旧握住不放。

王淑琼觉得有点不好意思，可是又觉得一阵快慰，她低下头去了。

密斯特陆看她真美，真有点情不自禁，他道："您的手这样柔腻？"

王淑琼抽了回来，指着那边道："那个大船来了，快躲开吧。"

密斯特陆遂又划起来。划了会儿，密斯特高在岸上喊他们，他们才交了船，又来到漪澜堂。

唐幼臣道："你们真高兴呀，划那么半天，我都饿了，我要不等你们吃。"

密斯特陆道："今天我请客，你们不等我，我不给钱，哈哈，吃什么？"他问王淑琼。

她道："随便。"

他们遂商量着叫了几样。吃完了，已经天黑了，他们又玩了一会儿，便走出来，雇了车，到电影院。唐幼臣和密斯特高挨着，密斯特陆和王淑琼挨着。在电影开映时，王淑琼的手又被密斯特陆握起来。她的手都被握得出汗了，才撤了回来。电影散场，已经是深夜，唐幼臣叫密斯特高送自己回家，叫密斯特陆送王淑琼回家。

密斯特陆雇车没有一直雇到家，他是想和王淑琼走一段儿的。他们下了车，走进胡同里，非常黑暗。密斯特陆便挨紧王淑琼，一只臂合抱着她的肩，低声道："今天好玩吗？"

王淑琼道："好玩极了。"

密斯特陆道："我真快乐。"

他们依着一直到家，密斯特陆又返回到自己家里，便给王淑琼写起信来。

王淑琼躺在床上，想着今天的事，虽然不免有时觉得歉然，但于精神上却是愉快的。她翻来覆去地想这个，学校的功课又放在脖子后边了。以前她曾经有过一次，好容易被郑暮山安慰着平下心去，现在又浮动起来了。

第二天，王淑琼起来得稍微晚些，出了家门，忙着上学校。不料密斯特陆在街上等着她，她雇了车上学校，密斯特陆却骑着车在后边跟着，突地向王淑琼的车上投了一封信。王淑琼吓了一跳，一看是他，不禁欢喜起来。可是看着信不免心跳，因为她已经猜到那信里一定是爱她的话了。

她把信夹在书里，问道："真早啊！"

密斯特陆道：“我等你半天了，昨天你累吗？”

王淑琼道：“不累，你上哪儿去呢？”

密斯特陆道：“上学校。”

王淑琼道：“不晚了吗？”

密斯特陆道：“没关系。”

他们随走随说，到了学校，密斯特陆骑车去了。

王淑琼走进学校，学校已经上课了，她红着脸进了教室，头一堂正是郑暮山的课。

郑暮山见今天王淑琼突然未到，很觉奇怪，后来王淑琼来了，又显出一种不好意思的样子，他更奇怪了。王淑琼坐在自己的座位，把书拿了出来。郑暮山见她这一堂课里，总是浮动的神气，竟有点坐得不耐烦，问她什么问题，她也答不上来，她简直没有听，笔记本子也没有交，可见昨天也没有温好，不觉难过起来，不晓得她又受了什么刺激。

王淑琼坐在位子上，虽然一声不语，可是她的心全在那封信上。她偷偷用书遮着，把那封信打了开来，只见上面写道：“我最爱的淑琼，我们真是一见倾心啊，再没有使我这样爱你的了，你真是美丽的安琪儿。密斯唐曾经跟我夸你多少次，我总不大相信，昨天一见，原来比她跟我说的还要好呢。你的功课忙吗？端阳节快到了，你们学校放假吗？我想那天我们玩一天，如果不放假，最好告假，我们不能牺牲这个好节呀。我最爱的淑琼，我真爱你，请你见了我的信，马上给我写一封信吧。我真想你想得厉害呀，你必须马上回我一封信，至少要写三句‘我爱你’才成。快来信呀，在你看这封信的时候，我又在给你写第二封信了，我爱的，不要忘了端阳节咱们一块儿玩去。再见。来信给我一个飞吻。再者你写好了，不必贴邮票，贴邮票明天我才能接到，最好你带在身旁，下课的时候，我在门口儿等你。”

王淑琼看了一遍，还不忍收起来，她又从头儿看一遍，看了两遍，匆匆忙忙又夹在书里，预备回头到一个僻静的地方或在厕所再好好读一遍。这时候先给他写回信，可是写什么呢？怪害羞的。第一，这个称谓就不好写，称呼爱似乎不大好意思，写先生又太客气了。最后想了想，称呼陆哥吧。

她写道：“你的信，我在国文堂上偷偷地看了，真使我快活呀，我现在仍是在堂上给你写封回信。希望我的信，不要叫我表姐看见，怪不好意思的。”

底下还没有写完，郑暮山看见她在写什么东西，便择出一个问题来问，果然她脸红着没有回答。郑暮山很难过，而王淑琼却有点迁怒于郑暮山了，以为郑暮山故意给她难堪。

郑暮山想过来安慰她几句，谁知旁边有个同学，素来知道郑暮山对王淑琼很好，她很忌妒，她见有了机会，便道：“郑先生，您看她的书里夹着什么？”

郑暮山便翻王淑琼的书。王淑琼来不及掩藏，叫郑暮山把信拿在手里，一看是一封别人给她的，信皮上写着：“给我的爱人”，他自然明白，不再看里面。又看还有一张信纸，是王淑琼给一个陆哥写的。他看了一眼，便忙又给她夹在书里，说："给你的表姐写信，最好下课再写，下课时有的是时间，在堂上写，岂不耽误听讲？坐下吧，好好地听讲。"他是故意替王淑琼遮饰，其实他早料到王淑琼已经有了情人。有了情人也没有什么，不过耽误自己的功课，便有些惋惜了。

王淑琼以为郑暮山看见她的信，一定要生气，谁知并没有，并且还替她遮饰。她略为安静一些，坐下了。郑暮山又接着讲他的课，讲完了，回到教员休息室，他想找个机会同王淑琼谈一谈，关于她的对象，愿意替她考虑一下。恋爱不是不可以讲，他总怕她遇到和她一样不懂事而光晓得恋爱的青年，那就对于他们两个都不大有利了。

可是王淑琼从此却总躲着他，不好意思见他，他很难过，回到家里，唉声叹气，可惜那样聪明而美丽的孩子，前途是多么光明伟大，恋爱的鼓励利用不好，就会堕落的。

刘省薇看见他这神气，便问道："怎么又是这般神气了？为什么？"

郑暮山遂把王淑琼的事，说了一遍。刘省薇道："教授还恋爱于她吗？"

郑暮山道："你别说笑话，我现在真难过，这几个女孩子，没有一个不可惜的。她们都有着美的灵魂、美的躯壳，但是她们都好像缺乏理智，做得不彻底，结果全变成平庸的了。袁碧融本是个极有怀抱的女人，她在未婚前，她的思想和知识，都在别人之上，我曾经记得她一篇《理智中的对象》一文，写得洒落、悲壮、旖旎兼而有之，简直是一篇散文诗。但是现在呢，同着不是理想的丈夫，回到家乡守着田园享清福去了。那杨晓菡，是个绝顶聪明的女子，但是越聪明，越容易走到消极的路上去。她的文学思想非常好，胸怀亦很伟大，可惜一个女人的力是太小了，中国的社会，是没有女人活动的余地的，所以她竟弃了红尘道，是多么可哀呢？比较好一点的是慕小姐，我很佩服她择偶的魄力是非常大，虽然给魏先生不少痛苦，但是她算有了归宿。不过我认为可惜的是她的新对象，是一个俏丽的公子哥儿，她嫁过去之后，一享到优裕的生活，恐怕渐渐就要把她的聪明智慧变得钝了，固然，做一个贤妻良母，也算不错，不过她是有那经济之才的，不该把自己缚在深宫，做一个花瓶的。况且魏先生也来找过我，提到她和江先生认识这样浅，就遽然实行订婚，对于他们的前途，实在不敢抱乐观。魏先生这话也不为无理，女人有一个普通毛病，我认为不对的，就是她在未找到她的新对象之前，是不会把她不可能结合的人断绝爱情。等找到新对象之后，马上便和旧情人连友情都断了，这种思想，完全是因为她在旧的未去、新的未来之间，她不愿意寂寞着，她愿意青黄相接。所以，新的未来，旧的虽然知道终有一去，但是敷衍和好。及至新的来了，未遑一一考察，立刻就把旧的撇掉。如此，她永远找不到真正的对象，结果总自己遗恨。”

刘省薇笑道：“你的感慨真不少，那王淑琼呢？”

郑暮山道：“王淑琼是很聪明的，因为天资聪颖，所以才容易走入歧途，不过若说是从此堕落下去，也是不至于的，她仅仅是平淡下去而已。我们知道，古来是以女性为社会中心的，现在的女性，也不是没有统治社会的才干。现代的国家，也有几个仍是女皇，中国女人统治社会，是在黄帝以前，那时候还是从母姓的，就可以知道。后来女人统治社会，这个例还并不远，稍远的是武则天，近的是西太后，可见女人为中心，在中国并不是不可能的。其所以不能者，一来是男性压迫，做出礼教的网，把女性都拘束住，而女性便也以服从男性为美德。所谓三从，从父、从夫、从子，这种桎梏都放在女人身上，男人得其所哉，是多么不平呢？为什么不准从母呢？二来是女性自身的束缚，因为女人是感情的，她也知道现在制度的男女不平等，但是她一出嫁之后，她把她所有的感情都放在丈夫身上，她的服从是感情的不是被压迫的，所以女人便永无翻身的时候了。一般人还在骂女性，我们看社会上犯罪的，差不多男性占十分之九，女人是多么善良呀，还要骂她们，真是残酷到极点了。话说得远了，我们再说王淑琼吧，王淑琼的对象是怎样的一个青年，我们还不知道，他们这种结合，不一定是坏，只要那个青年是有为的，他们的幸福正自无涯。如果是堕落青年，那他们的生活便开始苦恼了。王淑琼常自己说，非要改革社会不可，女人应当站在最前线，但是她一起始她的恋爱生活，男性又完全为娱快自己，她便永无出头之日。女性不是不能出头，只是她自己不愿意出头啊！我所以引为苦恼的，便是这个。我这几个女朋友，全这么无声无息地完了。”

刘省薇道：“你这样替女性担心，是值得佩服的，但你是个男性，你这样说，不是把你们男性又低下去了吗？”

郑暮山笑道：“你为什么还把男女界限分得这样清呢？我们现在应当以社会为前提，我们是求人类的幸福，不是为男女权力问题。我相信以女性为社会中心，那社会一定是善良的，人类一定是幸福的。”

刘省薇道：“这倒是真的，男人太残酷了，总是好争斗。不过，她们已经都去了，你也不必替她们哀愁什么了，社会上的女性不是多得很吗？”

郑暮山道：“只有刘省薇一个人就可以了。”

刘省薇道：“别扯在我的身上，我不配，我们谈一点别的吧。五月节快到了，我们怎么样玩呢？”

郑暮山道：“随你。”

刘省薇道：“干吗随我呀？”

郑暮山道：“我们先小规模地实行以女性为中心。”

刘省薇笑了起来道：“你准得服从我吗？”

郑暮山道：“为利于我们两个人的，当然服从。以后人家问我姓什么，我就说姓刘。”

刘省薇道：“为什么？”

郑暮山道：“我从妻姓呀。”

刘省薇道：“讨厌，姓刘的多了。”

郑暮山道：“我就姓你这个刘。”

刘省薇道：“我不姓刘。”

郑暮山道：“你姓郑。”

刘省薇道："真讨厌，谁会说得过你？你等着，我先计划计划，到五月节的头一天，我再发表怎样玩法。"

郑暮山道："可以的。"

他们说了一会儿话，郑暮山的心情暂时换了一下。

第二天下课，讲的是一篇《离骚》，因此而讲到屈原的历史，又讲到端阳节吃粽子的典故。有个学生说："屈原真是傻瓜，那也值得自杀吗？"

郑暮山道："屈原是个富于感情的人，傻瓜的确是个傻瓜，楚襄王不能用他，他竟仿佛失恋似的，他要是讲恋爱倒是能够专一呢。"大家全笑了。

郑暮山道："我认为他的死，实在没意思，透着小气。不用我，我就不干，隐在山林不比做官强吗？即或有志气，也可以用吴稚晖老先生的办法：你不成，打倒你，我来干，你看那屈原是多么英雄！可惜一个男子汉，偏偏有女人气。可是这样一来，倒是给后来帝王做了好买卖，哪怕人民革命的，全都恭维屈原，叫人民学屈原，于是屈原每年都有粽子吃了。"

可是王淑琼却显着很不自然的样子。郑暮山看着她，虽然很难过，但是先生的尊严，不能不保持，也没有机会去劝她用功，不免对她取了放任态度，自然很觉得有愧，然而也没有办法。她的红豆戒指，以前还戴着，以后就索性不戴了，不知送给谁了。郑暮山也不问她。下了课，郑暮山便直接回家，从不在学校逗留。

这天是端阳节，学校放了假，大家全在家里过节玩。郑暮山早晨起来，他并没有什么特别感觉，只是觉得放了假，就是过节的意义了。起来不久，方要进茶点，忽然赵妈端进两碟子粽子，说是刘小姐打发李妈送来的，郑暮山欢喜地收下了，并给了李妈节钱。

李妈道谢，并说："这粽子是小姐自己做的。"

郑暮山一听，更喜欢了，便拿了筷子吃起来。等到吃午饭的时候，李妈又送炖肉来，并附着个纸条儿，写着：早晨因为家里过节，所以不能看你去，下午他们听戏，咱们一块儿玩去吧。郑暮山一看，真是喜欢不尽。

到了下午，稍休息一会儿，刘省薇走来了。啊，她是那么美丽，真是天神一样啊！

刘省薇笑道："干吗这样呆呢？"

郑暮山笑道："你太美丽了。"

刘省薇道："别再说这没有用的话了，走吧，我们玩去。"

郑暮山道："我们上哪儿去呢？"

刘省薇道："这日子听戏看电影都是人多的，我们上公园去好吧？"

郑暮山道："前天你不是说划船去吗？"

刘省薇道："是呀，划船也好。"

郑暮山随她走出来，一直到北海去了。

谁知到了北海，那营业船已经全部租出去了，郑暮山和刘省薇的朋友有自置的船也全划出去了。他们无法儿，便在漪澜堂前面，石栏杆里找个茶座坐下了，一边喝着茶，一边谈着天。

郑暮山道：“你看今天是多么热闹呀，一对儿一对儿的。”

刘省薇道：“在这布尔乔亚的气氛里，不像还有穷人的样子。”

郑暮山道：“在这里面想到穷人的，只有你一个人吧。亲爱的，你是多么伟大呀！”

她笑了。在那没边儿的眼镜里，闪着动人的眸子，看着那船夫，撑着船，载着满满乘客，到北岸去，又由北岸撑了回来。来来往往，不知载过多少乘客。那海里的小船儿，桨声咿呀，乐趣环生。

郑暮山对着这样美丽的人，他无心去赏景，只愿两只眼看着刘省薇。

刘省薇笑道：“我看我干吗？”

郑暮山道：“你太美丽！”

刘省薇道：“讨厌。”

郑暮山道：“我是多么幸福呀。”

刘省薇一听，忽然心中生了一计，想戏耍他一下，叫他着一会儿急，不然他有了机会，便去爱别的女人。想罢遂道：“你爱我吗？”

郑暮山道：“是的，我爱你极了。”

刘省薇道：“你不爱别的女人了吗？”

郑暮山道：“她们都不爱我了。”

刘省薇道：“噢，她们都不爱你，你就不爱她们了；她们若是爱你，你还是爱她们的，是不是?”

郑暮山道：“我爱你。”

刘省薇道：“噢，你因为她们都不爱你，所以你又觉得我好了，又爱我了，是不是？可惜，已经晚了。”

郑暮山惊讶道：“怎么晚了?”

刘省薇看见他着急，不由心里好笑，她正颜地说：“因为我也和她们一样，不爱你了。”

郑暮山道：“你又说笑话。”

刘省薇道：“谁跟你说笑话，你这样无女人不爱，简直是侮辱女性，我早看透你了。”

郑暮山急得眼睛都红了道：“什么？你、你真……”

刘省薇道：“请你小一点儿声说，这里那么多人。”

郑暮山道：“我们找一个清静地方去谈一谈好不好?”

刘省薇道：“不，我愿意在这里。”

郑暮山道：“你真是笑我着急吗?”

刘省薇道：“你不会不着急吗?”

郑暮山道：“我问你，你是不是在跟我闹着玩儿?”

刘省薇道：“没有这么大工夫。”

郑暮山见她这个样子，当真以为她不爱自己了，可是他还疑惑，他道：“那么你今天为什么还同我玩呢?”

刘省薇道：“不爱，难道就不玩了吗?”

郑暮山这时十分难过，他道：“恐怕我唯有自然一途了。”

刘省薇道：“今天倒是自杀的好日子，与屈原可以媲美，眼前这碧波滚滚，跳在里面倒也不错，我还想自杀呢。”

郑暮山简直再也忍不下去了，他站起来道：“省薇，我现在只求你答复我一句话，请你不要再说些闲话了。我问你是不是想叫我死？”

刘省薇道：“死不死是你的权利，我管不着。”

郑暮山气满胸膛，没有富于理智的人，也有这种坏处。她真不爱我了！他把帽子拿在手里，刚要走，忽然由里面来了一个女人，刘省薇站了起来招呼道：“表姐，你也来了！”

她的表姐连忙跑了过来，她们有一年多没有见了，昨天她从天津回来，今天会在北海遇见刘省薇，自然双方都欢喜不置。

她表姐说：“我到你家去了，家里全都出门了，只有我姨父在家呢，他说你到北海来了，所以我找了来，没想到会这么容易找到你。”

刘省薇道：“我给你们介绍一下，这位是我张表姐，这位是郑暮山先生。”

张小姐道：“噢，久仰。”

刘省薇道：“坐下谈吧。”

郑暮山颓然地坐在椅子上。刘省薇便和张表姐谈起天来。一年多没见，话越说越多，把方才的事儿全忘了。她也没和郑暮山说话。

郑暮山觉得无聊，心里又难过，同时见她和张表姐谈得非常亲热，而且张表姐特意来找她，大概今天她们一定分不开了，自己的话也不能向刘省薇说了。越想越伤心，朋友全走了，只剩下一个爱人，她又不爱自己了，自己还有什么生趣呢？看着刘省薇那美丽的面容，不想会有这么狠的心肠，趁着我的朋友全走了，她不爱我了，她太厉害了。

他想着，便站了起来道："你们在这里谈话，我到别处转一转。"

刘省薇以为他寂寞，本来自己和张表姐的话，一时是说不完的，遂道："那么转转也好，回头跟张表姐一块儿划船吧。"

郑暮山含糊其词地走了，刘省薇又和张表姐谈起来。

张表姐道："听说你和郑先生很好，并且有订婚的希望。"

刘省薇笑道："你听谁说的？"

张表姐道："我早就听说了，今天到你家里，姨父也对我说了，他也很赞成你们的结合呢。"

刘省薇笑道："不谈这个吧。"

张表姐道："真的，你们什么时候结婚呀？快放暑假了，我还等着喝喜酒呢。"

刘省薇笑道："你也跟着他们起哄。"

张表姐道："你真是幸福啊，我看郑暮山很老实的，刚才你们说什么，他好像要走的样子，脸上也那么愁眉不展的。"

刘省薇道："呀，我想起来了，方才我和他闹着玩来着，故意气他已经到悲意的极点了，所以他要走，是要自杀，我正要告诉他我是在说笑话呢，你这时候来，我一下把这个茬儿忘过去了。呀，我还得找他，他现在很难过呢。"说着，就要站起来。

张表姐道："他不是说一会儿回来吗？回头他回来，我们又走了，岂不更叫他着急？"

刘省薇道："他，他不会回来吧。呀，我现在怕，我怕极了，他一定不回来了。我要找他去，你在这里坐着，如果这里没有他，我就回家去了，到家我再给你打电话吧。"

张表姐道："你去你的吧，我没有事，一个人在这里玩玩也好。"

刘省薇连忙去了。在山坡上来回看了许久，也没有郑暮山的影子，她又返回漪澜堂问张表姐他回来没有。

张表姐说："没有回来。"

刘省薇真着急了，她道："我回家去看看，你跟我去吧？"

张表姐道："不，你去吧，我在这里再坐一会儿。"

刘省薇只得别了表姐，匆匆回到家里，进门先奔郑暮山的屋子，一看赵妈正在收拾行李，仿佛要走的样子，她不禁惊了道："郑……郑先生呢？"

赵妈道："走啦，叫我也走，说把东西都送给刘小姐。"

刘省薇一听，几乎晕倒，想到自己本是跟他开玩笑，叫他这样难过还不提，这要是真自杀，我是怎样对得住他呢？她的汗也出来了，说道："他说上哪儿没有？"

赵妈道："没有，他说不活着了。"

刘省薇坐在沙发，眼睛直直的，没有办法。赵妈也不敢走了。半天，刘省薇道："你先别走，他不要你，我要你，你在家里看着家，我找他去。”

赵妈一听小姐要她，又高兴了，立刻道：“您这儿坐着，我给您泡茶去。”

刘省薇道：“不，我要找他去，你看着家吧。”于是她走回自己的屋里，先给漪澜堂张表姐打电话，问郑暮山回去没有？张表姐回答说仍是没有回去。

刘省薇感到一阵难过，眼泪都要流出来，她不遑在家，又跟着跑了出来，可是上哪儿找他去呢？她给朝华女中打电话，问郑先生去了没有？回答是没有。关于郑暮山的朋友，都不认识。想了想：郑暮山的几个异性朋友，袁碧融走了，慕小姐同别人结了婚，杨晓菡入了修女院，只有王淑琼和唐幼臣两个人，自己是认识的，郑暮山也许找她们去了？不管怎么样必须要今天见着郑暮山，不然他也许自杀了，也许出走，或是和别的女人订婚，以做报复，则自己这片心完全湮没了。

她一着急便去找王淑琼。王淑琼的住处，她是从郑暮山的信皮上知道的，谁想找到她家，她家却说她同表姐唐幼臣还有唐幼臣的一个朋友，到公园去了。她一听，公园这么多人，哪里找去呢？但是不找又无法可想，只得雇车到公园。

坐在车上，心里不住地难过和后悔。进了公园，两眼东张西望，从西边绕了一个圈儿，茶座儿都挨着看了，都没有她们一个人的影儿。她一直从后边又绕到今雨轩，猛地看见唐幼臣和王淑琼了，她心里仿佛稍微有点安慰，以为见了她们，就可以知道郑暮山的下落。走近前时，见还有两个男士在陪着她们谈话，她有点不好意思的。可是为了郑暮山，她也不得不向前招呼她们。

唐幼臣见了刘省薇，似理不理的神气说道："怎么一个人呢?"

刘省薇道："劳驾我跟你们打听，郑暮山找你们没有?"

唐幼臣道："我们不认识姓郑的，他向来也不找我们。您不是跟姓郑的很好吗？何必又跑到我们这儿来找？真是舍近求远了。"说完笑起来。他们也都跟着笑。

刘省薇平时看不起唐幼臣，今天为了郑暮山，却受她的奚落，自己当时恨不能哭出来，抹头就走，她几乎跳到桶子河自杀。她自己伤心、诅咒，像疯子一样，在街头徘徊了一会儿。天已经黑了，她不思饮食，心里像一团乱丝，魂灵已如出壳，无精打采地回到家里。她又不愿意叫家里的人看出她的沮丧神色来，一个人在自己屋里哭。

猛然她想到郑暮山自杀，新闻记者一定能够知道消息，她颤抖着到电话旁边，摘下耳机，问报馆找记者，问一问今天有自杀的没有。编辑们告诉她：今天有两个自杀的，都是青年，一个在什刹海，已经死了，因无尸主，姓名不详；一个是服毒自杀，被警察送到医院去灌救，还不能说话，性命是很危险。

她想：什刹海距北海很近，郑暮山一定到什刹海自杀去了。她心跳着，疯了一般，往出便跑，雇了车一直到什刹海。果然见北岸围了一大群人，她的心血都要涌出来了，钻到人群里面，见有一张席，盖着一个尸首，有警察在看守着，等法院派人来验。

她一边哭着一边问警察，那个自杀的恐怕是我的朋友，请掀开盖席看一看。警察见有人认尸，便给她掀开席去看。她又想看，又不敢看，她希望那个不是郑暮山，可是她又准知道那个一定是郑暮山。她浑身抖颤着。当掀那张席时，她的腿都要软了。可是警察叫她看时，她却看不出是郑暮山，她心里安慰了，稍微露出笑容，向警察道了歉，然后又转身出来，雇车到医院。

医院因为已经过了时候，不准叫她看，她问自杀的名字，医院说还不知道，她不得要领，又回到家里来，想着医院的自杀者，究竟是郑暮山抑或不是郑暮山？在她心里翻来覆去地想，也想不出一个确定的结论来。只有第二天再到医院去问，或是看报，方能知道。

可是今天这一夜，叫自己怎样过呢？她捣枕捶床，哪里睡得着呢？光是哭了。

第二天，她起来便看报，她想如果郑暮山仍没有消息，自己也去寻死。看了看报，知道在医院救治的自杀者，也不是郑暮山，她真莫名其妙，她真简直不知郑暮山到底上哪里去了，心里很着急，自己跟自己都要别扭起来。她想郑暮山一定出走了，自己也是活不成，她脸也没有洗，红着两只眼睛，她也不叫家里人看见，自己伏在案上写信。

她写道："亲爱的父母：你们的女儿和你们永别了！"刚写了一句，再也写不下去了，伏在桌上，痛哭起来，眼泪流到桌上纸上。

正在这时候，忽然李妈走进来，一看，不由大惊道：“小姐怎么啦?”

刘省薇道：“你出去，不要在我这儿。”

李妈道：“那院郑先生打发赵妈过来请您过去呢。”

刘省薇一听，又惊又喜道：“什么？郑先生回来了?”

李妈道：“请您就过去呢，我给您打脸水，您洗洗再扑点粉过去吧。”

刘省薇道：“不用。”说着便跑了过去。

跑到屋里一看，郑暮山正在整理屋子，他见刘省薇进来，便道：“帮着我整理整理，今天我许多朋友要来呢。”

刘省薇喜得落出眼泪，她道：“你先等一等，你知道我昨夜是怎么过的吗?”

郑暮山笑着，点了点头，可是看她哭得这个样子又不禁可怜，连忙把她抱过来，坐在沙发上道：“怎么了？哭得这样!”说着，一边给她擦眼泪，一边吻她。

她道：“我恨你极了。”

郑暮山笑道：“怎么回事?”

刘省薇道：“凭什么你昨天不回来?”

郑暮山道：“我昨天回来了。”

刘省薇道：“昨天回来为什么不叫赵妈找我去?”

郑暮山道：“我回来很晚了，想你一定睡了觉，所以没惊动你。”

刘省薇道："昨天你为什么由北海就走去了？"

郑暮山笑道："我有点事儿，找几个朋友。"

刘省薇道："你为什么叫赵妈走，你说你不回来了？"

郑暮山笑道："你怎么知道？"

刘省薇道："你知道我昨天多么难过吗？我几乎要疯了，我为你还受了人家的一场笑话。"说罢，她便把昨天怎么找郑暮山的经过，如何到什刹海看尸首，如何到医院打探，如何给报馆打电话，详详细细地说了一遍。

郑暮山一边吻着她，一边道："你知道我昨天是怎么痛苦吗？我昨天真想自杀呀。"

刘省薇道："那你为什么不自杀呢？"

郑暮山道："差一点儿就自杀了，我刚由家里出来走到大门，遇见老伯，把我叫住谈了半天，问我说不是跟省薇到北海去了吗？我说是的，她和张表姐在一起，所以我回来了。老伯点了点头，便跟我谈起你来，说你已经把我的婚事征求老伯同意，老伯也很赞成，并且打算供给我们同到美国去。我一听，非常喜欢，知道你仍是爱我的，在北海不过故意要我。所以我连忙跑出来，想回到北海找你，可是又想到昨天你捉弄我太厉害了，我也捉弄捉弄你吧，于是我便找朋友谈天儿去了。"

刘省薇打了他一下道："讨厌。"

郑暮山接着道："他们听说我要订婚，便全要叫我请客，他们预定今天来，并且还要见一见你呢。"

刘省薇道："那么我洗一洗脸去。"

郑暮山道：“不忙，他们下课后才来呢。我今天没课，我们先互相安慰一会儿吧。昨天我们的心，都要碎了。以后可千万别闹着玩了，人命关天，不是儿戏的事。”

刘省薇笑了，她道：“你叫赵妈打点水来，我在这儿洗吧，要不然我母亲看见我这样也不好。”

郑暮山遂叫赵妈打了脸水，刘省薇洗了脸，然后两个人叫仆人到饭馆叫了一桌席，打了些酒，两个人吃了午饭，便一块儿谈话，专门等朋友们来。

刘省薇道：“我最近又编了七个七巧图，我拿来你摆吧。”

郑暮山道：“好，叫赵妈拿去。”

刘省薇道：“我自己拿去吧。”说着跑去了。

一会儿跑回来，拿了七巧板，又递给郑暮山一纸条道：“你看，这是我一清早写的。”

郑暮山一看是：亲爱的父母，你们的女儿要和您永别了。郑暮山看了，也不觉落了眼泪，把纸条撕了，然后紧紧抱住她道：“妻，以后不要这样作耍了。”

两个人痛定思痛，不禁全落了眼泪。两个人安慰了一会儿，便又快乐地摆起七巧图。到了午后四点钟，来了一大群客人，都是郑暮山的同学。刘省薇见了，颇有点不好意思。这些朋友，又全爱诙谐，哄得刘省薇羞极了。

玩了一会儿，便吃饭喝酒，大家把郑暮山和刘省薇灌得有些微醉。郑暮山又把以前的经过说了一遍，大家感到人生的遭遇，着实有一种微妙的地方，这种微妙就是一种“巧”。这个

"巧"能够造成人们的离合悲欢。俗语说：无巧不成书。所以不成书，就是不成一个微妙的故事啊！

大家玩了一会儿，到夜里，全都散去。刘省薇因为昨夜一夜没睡，今天又累了一天，这时又喝了些酒，简直支撑不住，便进到里屋，躺在郑暮山的床上睡着了。郑暮山叫下人收拾干净，自己也乏上来，但见刘省薇睡在自己的床上，不由笑着吻了她一下，然后跑到外屋沙发上睡了。

到了半夜里，忽然刘省薇喊了起来，她喊道："暮山，暮山！你别走！"

郑暮山一听，知道她在做梦，便跑了进来，拈亮了灯说道："薇，我在这里。"

刘省薇似乎哭着醒了，见了郑暮山，便抱住他道："你别离开我了，我做梦，又梦见你走了。"

郑暮山道："我绝对不走，我发誓永不离开你。妻，我是你的了。"说着，就紧抱住她，安慰她。她才含着笑，又渐渐睡去。

郑暮山睡在她的旁边，数着她的气息，渐渐地同入那快乐的梦乡中去了。

图书在版编目(CIP)数据

爱河惊涛／耿郁溪著. －－ 北京：中国文史出版社，2021.3

(民国通俗小说典藏文库. 耿郁溪卷)

ISBN 978－7－5205－2735－4

Ⅰ. ①爱… Ⅱ. ①耿… Ⅲ. ①长篇小说－中国－现代 Ⅳ. ①I246.5

中国版本图书馆 CIP 数据核字(2020)第 246345 号

责任编辑：蔡晓欧

出版发行：**中国文史出版社**
社　　址：北京市海淀区西八里庄路 69 号院　邮编：100142
电　　话：010－81136606　81136602　81136603（发行部）
传　　真：010－81136655
印　　装：北京新华印刷有限公司
经　　销：全国新华书店
开　　本：720×1020　1/16
印　　张：14　　　　字数：135 千字
版　　次：2021 年 3 月第 1 版
印　　次：2021 年 3 月第 1 次印刷
定　　价：49.80 元